# CONFESSIONS

# D'UN OUVRIER

PUBLIÉES PAR

## ÉMILE SOUVESTRE

NOUVELLE ÉDITION

PARIS

MICHEL LÉVY FRÈRES, LIBRAIRES ÉDITEURS

RUE VIVIENNE, 2 BIS, ET BOULEVARD DES ITALIENS, 15

A LA LIBRAIRIE NOUVELLE

—

1864

# A MORVAN père

OUVRIER AU PORT DE BREST

ET

# A PERRINE MORVAN

SA FEMME

Coulommiers, — Imprimerie de A. MOUSSIN.

# CONFESSIONS D'UN OUVRIER.

Nous devons la communication des Mémoires suivants à un ami. Obligé de vivre au milieu des travailleurs de toutes professions, son caractère sympathique l'a souvent conduit, de rapports purement industriels, à des relations plus intimes; en employant l'ouvrier, il s'intéresse à l'homme, et quand l'ingénieur a jugé, l'observateur et le philosophe ont leur tour.

En 1846, des travaux d'art, exécutés d'après ses plans, lui firent connaître Pierre Henri, dit *La Rigueur,* alors chargé de plusieurs sous-entreprises de maçonnerie. Il remarqua d'abord son activité, son intelligence, sa bonne humeur; plus tard, il put apprécier la scrupuleuse probité qui lui avait conquis, parmi ses compagnons d'état, le glorieux surnom de *La Rigueur*. Ses rapports journaliers et une estime réciproque amenèrent insensiblement la confiance. Dans les entretiens familiers avec l'ingénieur, Pierre Henri avait déjà raconté, sans y penser, une partie de sa [vie, quand le hasard vint la révéler dans tous ses détails.

Une réception de travaux qui avait retenu notre ami plus tard que d'habitude, et une pluie subitement survenue le forcèrent, un jour, à accepter l'hospitalité offerte par le maître maçon. Il fut reçu chez lui avec la bienveillance mesurée des gens qui savent respecter les autres en se respectant eux-mêmes. La femme de Pierre Henri était blanchisseuse, et dirigeait, aidée de sa fille, une douzaine d'ouvrières; le fils surveillait le chantier, toisait les travaux, tenait les comptes et maniait, à l'occasion, le marteau ou la truelle. Tous avaient conservé le costume et les habitudes de leur profession. Le maître maçon, éclairé par l'expérience,

avait voulu éviter pour ses enfants les dangers
d'un déclassement qui transporte d'une route pré-
parée et connue sur des chemins où tout devient
difficile, parce que tout est nouveau. Peut-être aussi
répugnait-il à les voir déserter ces rangs obscurs
qui étaient pour lui, dans l'armée humaine, ce
qu'est son régiment pour le soldat; il avait sans
doute compris que le plus sûr moyen d'être utile
à ses compagnons était de laisser parmi eux les
hommes qui pouvaient leur faire honneur; car
Pierre Henri savait que la loi du progrès ne demande point d'abaisser ce qui est en haut, mais
bien d'élever ce qui se trouve en bas.

Après les échanges de propos qu'entraîne le premier accueil, notre ami, qui avait à classer des
notes, fut conduit à la chambre de réserve servant
de bureau au maçon et à son fils. Ce fut là, qu'en
feuilletant plusieurs devis mis à sa disposition par
Pierre Henri, ses regards tombèrent sur un manuscrit qui portait cette curieuse suscription :

TOUT CE QUE JE ME RAPPELLE DE MA VIE,
Depuis 1801,
PAR PIERRE HENRI, dit *La Rigueur.*

Le maçon interrogé avoua, en souriant, que c'é-
taient des espèces de Mémoires écrits autrefois pendant les soirées pluvieuses ou les dimanches d'hiver,
sans autre intention que de mettre en ordre ses
souvenirs. Il ne fit, du reste, aucune difficulté pour
en permettre la lecture à son hôte; et, tout en
l'avertissant qu'il ne dépasserait point la seconde
page, il l'autorisa à emporter le cahier. L'ingénieur promit d'y veiller avec le plus grand soin;
mais Pierre Henri lui déclara que le garçon en avait
fait une copie rectifiée, et que le manuscrit original
était destiné, depuis longtemps, au fourneau des
repasseuses.

Devenu ainsi le légitime propriétaire des Mémoires, notre ami les lut et nous en parla; mais il
y a quelques mois seulement qu'ils nous furent
confiés, et dès lors nous pensâmes que leur publi-
cation pouvait à la fois intéresser et instruire.
Restait à obtenir l'agrément du maçon : après
avoir hésité quelque temps, il s'est rendu à nos
désirs, sans autre condition que le retranchement
de quelques noms propres et des détails trop personnels.

Nous avons usé de la liberté entière qui nous était d'ailleurs donnée pour abréger plusieurs chapitres, et pour rendre l'expression plus correcte. Parfois même nous avons achevé certaines esquisses, dont les lignes étaient restées trop confuses ou trop incomplètes; mais si ces additions et ces retranchements ont légèrement modifié la forme, ils ont toujours respecté l'esprit des Mémoires de Pierre Henri, comme peut en faire foi le manuscrit que nous gardons.

Ce manuscrit, composé de trois cahiers de gros papier bleuâtre, est entièrement couvert d'une écriture soignée; les ratures y sont rares et les répétitions nombreuses. Des surcharges dans le texte et des additions à la marge dénoncent une écriture plus jeune; elles sont du fils de Pierre Henri, qui a reçu une éducation plus lettrée, et qui appartient à cette phalange d'ouvriers-poëtes dont l'apparition est un des caractères significatifs de notre époque. Nous avons adopté ces développements où le travailleur de notre temps interprétait les sensations du travailleur qui l'avait précédé dans la carrière. Il nous a semblé que de pareils commen-

-taires jetaient, de loin en loin, un rayon de soleil sur les réalités un peu frustes des Mémoires du maçon. Le plus souvent, d'ailleurs, le fils n'avait fait qu'expliquer, en meilleurs termes, les souvenirs du père, ou compléter, par écrit, des confidences reçues de vive voix.

Pierre Henri a copié dans le manuscrit que nous possédons, et chacune à leur date, les pièces officielles qui composent ses archives domestiques : son acte de naissance, les actes mortuaires de ses parents, son acte de mariage, les contrats d'acquisition de la maison qu'il habite et du jardin qu'il cultive, les principaux marchés contractés dans l'exercice de sa profession. Le manuscrit, commencé sous la forme de Mémoires, prend, plus tard, celle d'un journal, et finit par ne plus être qu'un répertoire d'affaires. Cette transformation même a sa signification, et doit, sans doute, correspondre aux préoccupations de différents âges. Jeunes, nous aimons à nous arrêter en chemin pour promener un œil rêveur sur les horizons laissés derrière nous; plus tard, pressés par le temps, nous songeons seulement à ce qui nous entoure; plus tard encore, le regard, ramené à nos pieds, ne s'occupe plus que de calculer les distances et d'éviter l'ornière. Toute existence, hélas! suit, plus ou moins, la marche du manuscrit de Pierre Henri; on débute par des images gracieuses ou touchantes, on finit par l'arithmétique.

Nous n'avons cru devoir présenter ici que les premières. Ne pouvant imprimer le manuscrit du maçon tout entier, nous en avons extrait ce qui nous a semblé propre à calmer les esprits révoltés, et à attendrir les cœurs près de s'endurcir. Nous avons pensé qu'au milieu des agitations contemporaines, rien n'était plus opportun, plus fortifiant et plus beau que le spectacle d'une humble destinée combattant la douleur par la patience, et triomphant par l'honnêteté.

# I

La maison de la rue du Château-Landon. — Les voisins de Pierre Henri. — Le marchand de marrons. — La petite sœur Henriette. — L'ami Mauricet.

Aussi loin que je me rappelle, je me vois demeurer avec mon père et ma mère dans une maison à deux étages, de la rue du Château-Landon, près la barrière des Vertus.

Au rez-de-chaussée logeait, tout seul, un marchand de vieux habits qui faisait son commerce pendant le jour, rentrait le soir, se grisait sans

rien dire, et cuvait son eau-de-vie jusqu'au lendemain matin. Il ne parlait jamais à personne, ne
faisait aucun bruit et vivait aussi tranquille qu'un
mort dans sa fosse. On passait des semaines sans le
voir ni l'entendre : mais on connaissait si bien sa
vie qu'on pouvait deviner à coup sûr ce qu'il faisait.
Jusqu'à sept heures on disait : — Vautru est en
ville. Vers huit heures : — Vautru est gris. Et à la
preuve, on avait toujours raison.

Un jour pourtant, il se trouva qu'on avait tort.
Vautru ne sortit pas le matin, et la petite Rose,
notre voisine, après avoir regardé à travers le sou-
pirail qui éclairait chez lui, s'enfuit tout effrayée.
On lui demanda ce qu'elle avait vu ; elle répondit,
en pleurant, que le marchand d'habits était devenu tout noir. Quelques voisins descendirent à
leur tour, entrèrent au rez-de-chaussée et trou-
vèrent Vautru brûlé.

Je me suis toujours rappelé cet événement,
parce que ce fut la première fois que je vis un
mort. On l'avait mis dans le cercueil avec un drap
blanc par dessus, une chandelle à la tête, et, près
des pieds, un plat où chacun jetait quelques sous

pour payer la châsse. Ma mère m'envoya à l'offrande, et j'eus le cœur saisi. Tant que Vautru avait été notre voisin, je n'y avais pas pris garde ; mais quand je pensai qu'il y avait, entre ces planches, un homme que j'avais vu vivant, et qui ne se relèverait jamais, il me sembla que je l'avais aimé, et je me mis à pleurer.—J'ai pensé depuis, en me rappelant ceci, qu'il ne fallait pas trop éloigner des enfants les images tristes. La légèreté de leur âge les rendrait volontiers égoïstes et durs ; la vue de la souffrance ou de la mort leur ouvre le cœur.

Au-dessus du marchand d'habits demeurait la mère Cauville, excellente femme restée veuve et sans ressources avec trois enfants. Tant que le mari vivait, tout s'était soutenu ; lui mort, *les jambes leur avaient manqué,* comme disait la bonne femme Cauville, et il avait fallu *marcher sur son courage!* La brave mère, attelée à une charrette à bras, s'était mise à crier *la verdurette ;* la fille aînée avait acheté un éventaire pour vendre des *quatre saisons*, et le fils était devenu rempailleur ambulant. La petite Rose, alors âgée de huit ans, faisait le ménage et gardait la maison ! D'abord la misère avait rudement mordu. On mesurait les bouchées, on soufflait dans ses doigts, on dormait sur la paille ; mais, petit à petit, les gains de la mère et des deux enfants avaient grossi : les liards entassés sur les liards étaient devenus des pièces de quinze sous ; on avait pu avoir un matelas, allumer un poêle, élargir la miche. Rose fabriquait, à ses moments perdus, des allumettes de soufre que vendait la sœur, et tricotait des bas pour toute la famille. Quand je quittai la maison, les braves gens avaient des meubles, des habits du dimanche et un crédit chez le boulanger.

Le souvenir des Cauville m'est toujours resté en preuve de ce que produisaient les moindres ressources exploitées par la persévérance et la bonne volonté. C'est en réunissant les petits efforts qu'on arrive aux grands résultats ; chacun de nos doigts est peu de chose, mais réunis ils forment la main avec laquelle on élève des maisons et on perce des montagnes.

Mes parents habitaient au-dessus de la mère Cauville ; plus haut, il n'y avait plus que les chats et les *pierrots*.

La meilleure part de mon temps se passait à faire la chasse à ces deux *gibiers* ou à vagabonder dans le faubourg. Nous étions une douzaine de fils de famille, mieux fournis d'appétit que de chaussures, et tenant ainsi salon sur le pavé du roi. Tout nous fournissait des amusements : la neige d'hiver qui nous servait à livrer de grandes batailles, l'eau des ruisseaux que nous retenions pour changer la rue en étang, les maigres gazons des terrains encore inoccupés avec lesquels nous bâtissions des fours ou des moulins. Dans ces travaux, comme dans nos jeux d'enfant, je n'étais ni le plus fort ni le mieux avisé ; mais j'avais en haine l'injustice, ce qui me faisait choisir pour arbitre dans toutes les querelles. La partie condamnée se vengeait quelquefois de l'arrêt du juge en le rossant ; mais loin de me dégoûter de mon impartialité, les coups la confirmaient ; il en était d'elle comme du clou bien mis en place : plus on frappe, plus il enfonce.

Le même instinct me portait à ne faire que ce que je croyais permis, et à ne dire que ce que je savais. Mal m'en prit plus d'une fois, surtout dans l'aventure du marchand de marrons.

C'était un paysan qui traversait souvent notre faubourg avec un âne chargé de fruits, et s'arrêtait chez un *pays* logé vis-à-vis de notre maison. Le vin d'Argenteuil prolongeait souvent la visite, et, groupés devant l'âne, nous regardions son fardeau avec des yeux d'envie. Un jour, la tentation fut trop forte. L'âne portait un sac dont les déchirures laissaient voir de beaux marrons lustrés, qui avaient l'air de se mettre à la fenêtre pour provoquer notre gourmandise. Les plus hardis se les montrèrent de l'œil, et l'un d'eux proposa d'élargir l'ouverture. On mit la chose en délibération ; je fus le seul à m'y opposer. Comme la majorité faisait la loi, on allait passer à l'exécution, lorsque je me jetai devant le sac en criant que personne n'y toucherait ! Je voulais donner des raisons à l'appui ; mais un coup de poing me ferma la bouche ! Je ripostai, et il en résulta une mêlée générale qui fut mon Waterloo. Accablé par le nombre, j'entraînai dans ma chute le sac que je défendais, et le paysan, que le bruit du débat avait attiré, me trouva sous les pieds de l'âne, au milieu de ses marrons éparpillés. Voyant mes adversaires s'en-

fuir, il devina ce qu'ils avaient voulu faire, me
prit pour leur complice, et, sans plus d'éclaircis-
sement, se mit à me punir à coups de fouet du vol
que j'avais empêché. Je réclamai en vain ; le marchand croyait venger sa marchandise, et avait
d'ailleurs trop bu pour entendre. Je m'échappai de
ses mains, meurtri, saignant et furieux.

.. Mes compagnons ne manquèrent pas de railler
mes scrupules si mal récompensés ; mais j'avais la
volonté têtue ; au lieu de me décourager, je m'a-
charnai. Après tout, si mes meurtrissures me faisaient mal, elles ne me faisaient pas honte, et tout
en se moquant de ma conduite on en faisait cas.
Comme on dit dans le monde, cela me *posait !* J'ai
souvent pensé depuis qu'en me battant, l'homme
aux marrons m'avait rendu, sans le savoir, un
service d'ami. Non-seulement il m'avait appris
qu'il fallait faire le bien pour le bien, non pour la
récompense ; mais il m'avait fourni l'occasion de
montrer un caractère. Je m'étais commencé, grâce
à lui, une réputation que plus tard je voulus continuer ; car si la bonne renommée est une récompense, c'est aussi un frein ; le bien qu'on pense sur

notre compte, nous oblige, le plus souvent, à le mériter.

A part l'honnêteté, j'avais, du reste, tous les défauts que donne l'éducation de la rue. Personne ne prenait garde à moi, et je poussais comme l'herbe des chemins, à la grâce de Dieu ! Ma mère était occupée tout le jour du soin de son ménage, et mon père rentrait seulement le soir du travail. Je n'étais pour tous deux qu'une bouche de plus à nourrir. Ils voulaient me voir vivre et ne pas souffrir ; leur prévoyance n'allait pas plus loin ; c'était leur manière d'aimer. La misère, qui se tenait toujours au seuil, poussait quelquefois la porte et entrait ; mais je ne me rappelle pas l'avoir sentie. Quand le pain était court, on faisait d'abord la part de ma faim ; le père et la mère vivaient du reste, comme ils pouvaient.

Un autre souvenir du même âge est celui de nos promenades du dimanche hors barrière. Nous allions nous attabler dans quelque grande salle pleine de gens qui buvaient en criant, et qui passaient souvent aux coups. Je me rappelle encore les efforts de ma mère et les miens pour empêcher le père de prendre part à ces querelles. Nous le ramenions le plus souvent défiguré et toujours à grand'peine : aussi était-ce pour moi des jours de torture et de frayeur. Une circonstance me les avait encore rendus plus odieux. J'avais une petite sœur nommée Henriette, blonde, grosse comme le poing, et qui couchait près de moi dans un berceau d'osier. Je m'étais attaché à cette innocente créature qui riait en me voyant, et commençait à savoir me tendre ses petits bras. Les promenades de la barrière lui déplaisaient encore plus qu'à moi; ses cris irritaient mon père qui s'emportait souvent contre elle en malédictions. Un jour, fatigué de ses pleurs, il voulut la prendre; mais il voyait déjà double; l'enfant glissa de ses mains et tomba la tête en avant. Comme nous revenions, on me la donna à porter. Mon père se réjouissait de l'avoir fait taire, et moi qui sentais sa tête ballotter sur mon épaule, je la croyais endormie. Cependant, de loin en loin, elle poussait une petite plainte. En arrivant, on la mit au lit, et tout le monde s'endormit; mais le lendemain, je fus réveillé par de grands cris. Ma mère tenait Henriette

sur ses genoux, tandis que mon père les regardait
toutes deux les bras croisés et la tête basse. — La
petite sœur était morte pendant la nuit! — Sans
bien comprendre alors ce qui l'avait fait mourir,
je rattachai sa perte à nos promenades hors barrière, ce qui me les fit haïr encore davantage.

Après une interruption de quelques semaines,
mon père voulut les reprendre, mais ma mère refusa de le suivre, et j'en fus ainsi délivré.

Cependant j'avais dix ans, et l'on ne songeait à
me donner aucun maître. En cela, l'indifférence
de mes parents était entretenue par les conseils de
Mauricet. Mauricet avait toujours été le meilleur
ami de ma famille. Maçon comme mon père et du
même pays que lui, il avait, outre l'autorité que
donnent les vieilles relations, celle qui résulte
d'une probité sans tache, d'une capacité éprouvée
et d'une aisance acquise par l'ordre et le travail.
On répétait chez nous : *Mauricet l'a dit!* comme
les avocats répètent : *C'est la loi!* Or, Mauricet
avait horreur de la lettre moulée.

— A quoi bon entortiller ton fils dans l'alphabet? disait-il souvent à mon père; est-ce que j'ai

eu besoin du grimoire des écoles pour faire mon chemin? Ce n'est ni la plume, ni l'écritoire, c'est la truelle et l'auget qui font le bon ouvrier. Attends encore deux ans, tu me donneras Pierre Henri, et, à moins que le diable ne s'en mêle, nous le ferons bien mordre au moellon et au mortier.

Mon père approuvait hautement; quant à ma mère, elle eût préféré me mettre à l'école dans l'espoir de me voir la croix. Cependant elle renonça, sans trop de peine, à la gloriole de faire de moi un savant; et je ne saurais encore ni lire, **ni** écrire, si le bon Dieu ne s'en fût mêlé.

# II

Pourquoi je vais à l'école. — **M. Saurin.** — **Je suis relégué au banc des incurables.** — **Pierrot et la bataille d'Iéna.** — **Je deviens bon écolier.** — **Le sanctuaire arithmétique de M. Saurin.**

Notre ami Mauricet ne travaillait pas seulement pour les autres comme maître compagnon; il s'était mis, depuis quelque temps, à essayer de petites entreprises qui lui avaient rapporté un peu d'argent, ce qui le mettait en goût de poursuivre. On lui parla d'un travail de maçonnerie pour un bourgeois de Versailles qui l'avait autrefois employé. Il en dit quelques mots chez nous, et ma mère lui conseilla de faire écrire au bourgeois ; mais Mauricet avait une répugnance décidée pour les correspondances : il déclara qu'il aimait mieux attendre jusqu'au dimanche, et aller, de pied, à Versailles pour conclure l'affaire. Malheureusement, un autre fit plus de diligence ; quand nous le revîmes, le lundi suivant, il nous apprit que le bourgeois avait signé le marché la veille de sa visite. Il regrettait Mauricet, à qui il eût accordé la préférence. C'était un bénéfice de quelques centaines de francs perdu faute d'une lettre. Le maître compagnon en détesta d'autant plus l'encre et le papier, qui, d'après lui, donnaient toujours l'avantage aux intrigants sur les bons ouvriers. — Bien entendu qu'aux yeux de Mauricet le bon ouvrier était celui qui ne savait ni lire ni écrire.

Mais ma mère tira de l'accident une toute autre leçon : elle en conclut qu'il était bon, même pour un ouvrier, de savoir *mettre du noir sur du blanc*, et elle parla de m'envoyer à l'école. Mon père, qui n'y eût pas pensé, ne fit aucune opposition. On m'acheta donc un grand carton qu'on m'attacha en bandoulière par un lacet; on y mit deux plumes, une main de papier dit *petit pot,* un encrier de basane, un *abécédaire* où l'alphabet était précédé d'une croix, et que l'on nommait pour cela, une «Croix de Dieu;» puis on me conduisit à la classe de M. Saurin.

M. Saurin avait été, avant la Révolution, frère lai ou novice dans un couvent de capucins. C'était là, sans doute, qu'il avait appris à donner la discipline et à parler du nez. Du reste, le meilleur homme qui ait mangé son pain sous le ciel du bon Dieu; patient, serviable, désintéressé! J'aimais tout du bon M. Saurin, sauf son martinet. Il en usait pourtant avec beaucoup de justice, et en accompagnant chaque coup d'une parole d'amitié.

— C'est pour ton bien, cher petit! répétait-il en souriant; rappelle-toi la correction, mon enfant; — qui aime bien, châtie bien... — Encore ceci, à cause de l'intérêt que je te porte!

Et, à chaque phrase, la triple corde à nœu vous cinglait les reins ou les épaules.

Pour ma part, j'étais toujours parmi les plus chéris, c'est-à-dire les mieux rossés. Aussi, il faut

avouer que je tenais le haut bout sur le banc des
*incurables!*...: C'était le nom que M. Saurin donnait aux paresseux les plus invétérés. La vie que
j'avais menée jusqu'alors me rendait insupportable
l'immobilité forcée. J'avais dans les jambes des
impatiences de courir que je cherchais à apaiser
par les coups de pied donnés à droite et à gauche,
ou par des sauts de carpe qui changeaient en zig-
zags les jambages qu'écrivaient mes voisins, et faisaient jaillir l'encre des écritoires jusqu'aux beaux
exemples de M. Saurin. Du reste, ces exemples, qui
se dressaient le long des tables, suspendus à des
ficelles, par des épingles de bois, comme le linge
des blanchisseuses, nous servaient bien moins de
modèles pour la bâtarde et la coulée, que de rem-
parts pour cacher nos méfaits; M. Saurin, qui avait
toujours le mot pour rire (même quand son martinet nous faisait pleurer), les appelait des *para-
grimaces!* J'en profitais autant que personne sous
ce rapport, et toute la première année se passa
sans que je pusse mordre à la lecture ni à l'écriture. J'avais toujours dans l'esprit ce que j'avais
entendu dire au père Mauricet, et je regardais l'in-

struction de l'école comme un luxe dont, quant à moi, je n'éprouvais pas du tout le besoin. Il fallait, pour en faire cas, apprendre à quoi elle pouvait servir.

Nous étions alors, si je me rappelle bien, en l'année 1806 : un soir, au sortir de l'école, je vis une vingtaine d'ouvriers arrêtés devant une grande affiche collée au mur; un d'eux cherchait à l'épeler ; mais sans pouvoir même arriver à bien déchiffrer le titre. Nous avions parmi nous un petit bossu nommé Pierrot, qui était le savant de l'école, et qui lisait toutes les écritures aussi couramment que les autres jouaient au sabot. En voyant la croix d'argent à ruban tricolore qu'il portait sur sa bosse de devant, les ouvriers l'appelèrent ; un d'eux le prit dans ses bras pour qu'il pût voir l'affiche ; il se mit à lire de sa petite voix d'oiseau :

BULLETIN DE L'ARMÉE FRANÇAISE.

*Victoire remportée sur les Prussiens à Iéna.*

C'était le récit de la bataille avec l'histoire des cinq bataillons français que la cavalerie prussienne n'avait pu entamer, et des cinq bataillons prus-

2

siens que la cavalerie française avait éparpillés
comme un écheveau de fil. Pierrot lisait cela d'un
air aussi fier que s'il eût été général en chef, et les
ouvriers, les yeux fixés sur lui, buvaient ses paroles. Quand il s'arrêtait, les plus pressés criaient :
—Après ! après ! Et les autres reprenaient : —Don-
nez-lui le temps ; faut au moins qu'il reprenne sa
respiration. Lit-il bien, ce petit citoyen-là ! Allons,
mon bijou, tu en es à la charge du maréchal Da-
voust !

Et on se taisait de nouveau pour entendre Pierrot.

La lecture achevée, il arriva d'autres passants.
Le petit bossu fut obligé de recommencer. Lui
qu'on traitait d'habitude avec moquerie, tout le
monde lui parlait alors avec considération; on eût
dit qu'il était pour quelque chose dans le glorieux
récit qu'il faisait connaître; chacun lui en savait
gré; on lui adressait des paroles de caresse et
d'encouragement, tandis qu'on nous imposait silence à coups de pied; l'avorton était devenu notre
roi à tous !

Ceci me frappa comme l'aventure de Mauricet
avait frappé ma mère. Sans raisonner la chose, je

sentis qu'il était bon parfois de *savoir!* Le petit
triomphe de Pierrot me mit en goût de la lettre
moulée; je ne puis pas dire que je pris une résolution; mais dès le lendemain, je devins plus atten-
tif aux leçons; quelques éloges de M. Saurin en-
tretinrent ces bonnes dispositions, et mes premiers
progrès achevèrent de me donner courage.

Au bout de la seconde année, je savais lire et
écrire; M. Saurin commença à me donner des leçons de calcul.

Ces leçons-là n'étaient accordées qu'aux écoliers
favoris, à ceux qui avaient *le feu sacré,* comme
disait l'ancien capucin. On les prenait dans une
petite pièce particulière où se trouvait un tableau
noir sur lequel M. Saurin donnait ses démonstra-
tions. Les profanes avaient défense d'approcher du
sanctuaire. La chambre au tableau était pour eux
comme le cabinet de Barbe-Bleue. M. Saurin nous
enseignait les quatre règles avec autant de solen-
nité que s'il nous eût enseigné le moyen de faire
de l'or; et peut-être, après tout, nous apprenait-il
une science aussi précieuse. J'ai bien souvent pensé
que la connaissance de l'arithmétique était le plus

grand don qu'un homme pût faire à un autre homme. L'intelligence est beaucoup, l'amour du travail bien plus, la persévérance encore davantage; mais sans l'arithmétique tout cela est comme un outil qui frappe dans le vide. Compter, c'est trouver le rapport qu'il y a entre l'effort et le résultat, c'est-à-dire entre la cause et l'effet. Celui qui ne compte pas marche au hasard; avant, il ne sait pas s'il prend la meilleure route; après, il ignore s'il l'a prise. L'arithmétique est, dans les choses d'industrie, comme la conscience dans les choses d'honnêteté; c'est seulement quand on l'a consultée qu'on peut voir clair et être en repos. L'expérience m'a bien des fois prouvé ce que je dis là pour les autres et pour moi-même.

Grâce aux leçons de M. Saurin, j'en étais arrivé à calculer assez promptement et à résoudre toutes les questions qu'il me posait sur son tableau noir. Depuis le départ de Pierrot, j'étais le plus fort de la classe; la petite croix d'argent ne quittait plus ma veste rapiécée; j'avais fait comme Napoléon, j'étais passé empereur à perpétuité.

# III

Un grand malheur. — Un véritable ami. — Opinion de l'ingénieur sur la légèreté des enfants. — M. Lenoir et ses cartes de géographie.

Un soir d'hiver, M. Saurin m'avait gardé plus tard pour résoudre des questions ; je ne revins chez nous qu'à la nuit close. En arrivant, je trouvai la porte fermée ! c'était l'heure où mon père était habituellement de retour, et où ma mère préparait le souper. Je ne pouvais comprendre ce qu'ils étaient devenus tous deux ; je m'assis sur les marches de l'escalier pour les attendre.

2.

J'étais là depuis quelque temps, lorsque Rose descendit et m'aperçut. Je lui demandai si elle savait pourquoi notre porte était fermée; mais au lieu de me répondre, elle remonta tout effarée, et je l'entendis crier en rentrant chez elle : — Pierre Henri est là... On répondit quelque chose, puis il y eut des chuchotements précipités; enfin la mère Cauville parut au haut de l'escalier, et m'invita d'une voix très-amicale à monter. Elle allait se mettre à table avec ses enfants, et elle voulut me faire partager leur souper. Je répondis que je voulais attendre ma mère.

—Elle est sortie... pour une affaire, dit la veuve, qui avait l'air d'hésiter; peut-être bien qu'elle ne rentrera pas de sitôt; mange et bois, mon pauvre Pierre; ce sera toujours un repas de fait.

Je pris place près de Rose; tout le monde gardait le silence, sauf la mère Cauville qui m'excitait à manger; mais, sans savoir pourquoi, j'avais le cœur serré. J'écoutais toujours s'il ne montait pas quelqu'un dans l'escalier, et je regardais à chaque instant vers la porte.

Le repas achevé, on me donna une chaise près

du feu : les Cauville étaient debout autour de moi, et continuaient à ne rien dire. Ce silence, ces soins finirent par m'effrayer ; je me levai en criant que je voulais voir ma mère.

— Attends, elle reviendra, me dit la veuve.

Je demandai où elle était.

— Eh bien, reprit la mère Cauville, elle est à l'hôpital.

— Elle est donc malade ?

— Non, elle est allée conduire ton père qui a eu un malheur au chantier.

Je déclarai que je voulais les rejoindre ; mais la marchande ambulante s'y opposa ; elle prétendait ignorer à quel hôpital le blessé avait été conduit, et soutenait que, d'ailleurs, je ne serais point reçu. Il fallut donc attendre. J'avais le cœur dans un étau et j'étranglais. Tout le monde semblait saisi comme moi. Nous étions assis autour du feu qui grésillait doucement ; on entendait au dehors la pluie et la bise retentissant sur les toits délabrés de la vieille maison. Dans ce moment, un chien se mit à hurler vers les cultures de Pantin, et, sans savoir pourquoi, je commençai à pleurer. La mère Cau-

ville me laissa faire sans rien dire, comme si elle
n'eût pas voulu me donner d'espérance en me con-
solant; enfin, assez tard, dans la soirée, nous entendîmes des pas lourds dans l'escalier. La voisine
et ses enfants coururent à la porte; je m'étais levé
tout tremblant, et je regardais vers l'entrée; ma
mère y parut.

Elle était ruisselante de pluie. Sa figure, tachée
de boue et de sang, avait une expression que je ne
lui avais jamais vue. Elle s'avança jusqu'au foyer
sans rien dire, et tomba sur une chaise. On voyait
bien qu'elle avait envie de parler, car ses lèvres
remuaient, mais il n'en sortait que des espèces de
sifflements.

Je m'étais jeté contre elle et je la serrais dans
mes bras. La marchande ambulante lui demanda
enfin des nouvelles de Jérôme.

—Eh bien! je vous ai dit, bégaya ma mère
d'une voix presque inintelligible... le médecin a
averti tout de suite... Il n'a eu que le temps de me
reconnaître... Il m'a donné sa montre... et puis...
ça été fini!

La voisine joignit les mains, ses enfants se

regardèrent; quant à moi, je n'avais pas bien compris; je me mis à crier que je voulais aller à l'hôpital où était mon père. A cette demande, la pauvre femme se redressa, me prit les deux mains et me secoua avec une sorte de colère folle.

—Ton père! malheureux! dit-elle; mais tu n'en as plus! Entends-tu bien, tu n'en as plus!

Je la regardai tout effaré; cette idée ne pouvait entrer dans mon esprit; je continuai à répéter que je voulais voir mon père.

—Tu ne comprends donc pas qu'il est mort! interrompit la mère Cauville avec rudesse.

Ce fut pour moi comme une lumière. J'avais vu le marchand d'habits et ma petite sœur; je savais ce que c'était que la mort. Ce mot se rattachait dans mon souvenir à plusieurs images effrayantes. Un drap cousu, une bière clouée, un trou creusé dans la terre! Je me mis à pousser des cris et des sanglots. On m'arracha à ma mère et on m'emmena dans notre logement.

Je ne me rappelle rien de ce qui suivit. Lorsque je revis ma mère le lendemain; elle était au lit; elle me sembla mieux que la veille, parce qu'elle n'était plus pâle : on me dit qu'elle avait la fièvre. L'ami Mauricet vint dans la journée pour la voir; mais on me renvoya pendant qu'il lui parlait. Le lendemain, il revint me chercher pour l'enterrement; j'avais mes plus beaux habits, et on avait attaché un crêpe noir à mon chapeau. Nous n'étions pas plus de six ou huit à suivre le corbillard, ce qui m'étonna. Mon père fut porté à la fosse commune. Mauricet acheta sur-le-champ une croix de bois qu'il planta lui-même à la place où on l'avait enterré. Je revins les yeux rouges, mais le cœur déjà soulagé; j'étais comme la plupart des enfants chez qui la douleur ne peut tenir. Depuis j'ai souvent pensé à cela, et j'en parlais un jour à M. D... l'ingénieur, en me plaignant de l'ingratitude et de l'insensibilité de ce premier âge. Il m'a répondu que c'était une précaution de la Providence.

— Les occupations forcées de la vie, m'a-t-il dit, détournent les hommes de leurs regrets les plus sincères; quand on a un métier, il faut ajourner son chagrin après l'ouvrage, et le travail vous console ainsi, peu à peu, malgré vous. Mais l'enfant a tout son temps, et s'il se rappelait sa peine, il la retournerait dans son cœur sans relâche ni distraction jusqu'à en mourir. Dieu n'a pas voulu l'éner ver par de telles épreuves; il a pensé qu'il av besoin de toutes ses forces pour grandir, qu'il lait laisser au feu de la vie le temps de s'allur avant d'y laisser couler tant de larmes, et il lui donné l'oubli, comme il lui avait donné la faim, pour qu'il pût prendre des forces et devenir un homme.

En quittant le cimetière, l'ami Mauricet revint avec moi chez ma mère. A notre vue, celle-ci fondit en larmes, car notre retour lui annonçait que son compagnon de vingt années était à jamais parti; mais Mauricet se fâcha.

— Allons, Madeleine, dit-il avec une brusquerie où l'on sentait l'amitié, ce que vous faites là n'est point raisonnable. Jérôme est, comme vous, où le bon Dieu l'a mis! Faites chacun ce que vous devez faire; lui se repose; vous, travaillez et prenez courage! il y a ici un pauvre gars qui a besoin de vous; voyez si celui-là aussi n'est pas Jérôme; il lui ressemble déjà comme un sou à un sou.

Il m'avait poussé vers ma mère qui m'embrassa en sanglotant.

— Assez, reprit-il en me retirant, au bout de quelques minutes; essuyez vos yeux, voyons; fermez la fontaine de votre cœur. Vous êtes une vaillante, ma vieille, il s'agit de le prouver. Qu'est-ce que vous comptez faire maintenant? parlons de ça, c'est le plus pressé.

Ma mère répondit qu'elle n'en savait rien, qu'elle ne voyait aucun moyen de vivre, qu'il ne lui restait plus qu'à mendier aux portes.

— Ne dites donc pas de ces bêtises-là ! s'écria Mauricet avec humeur; c'est-il une idée qui doive venir à la veuve d'un ouvrier? Si vous avez des mains pour demander, vous en aurez bien pour travailler, peut-être! Croirait-on pas que vous avez peur de l'ouvrage, vous que je cite toujours à ma fille et à ma femme ! On ne sait donc plus faire des ménages? on n'est donc plus la meilleure laveuse du quartier? Mais faut donc que ça soit moi qui vous rappelle qu'on vous nommait dans le pays *la petite adresse*, rapport à l'habileté de vos doigts !

Ces éloges relevèrent un peu le moral de ma
mère qui consentit à chercher avec Mauricet ce
qu'elle pourrait essayer. Le maçon avait déjà tout
son plan qu'il fit accepter en ayant l'air d'en laisser l'honneur à la veuve. Il fut convenu qu'elle
chercherait quelque ménage de garçon à soigner,
tandis que j'entrerais au chantier comme gâcheur.
Mauricet promit de veiller à tout, et si, en com-
mençant, les bénéfices ne pouvaient suffire, il s'engagea, dans son style faubourien, « à mettre un
peu de beurre dans les épinards. »

Nous quittâmes notre logement pour prendre le
rez-de-chaussée autrefois habité par le marchand
d'habits, et qui se trouvait alors vacant. Ce changement, auquel nous étions forcés par économie,
fut pour ma mère un crève-cœur. Notre ménage ne
put trouver place dans l'espèce de cave où nous
descendions. Il fallut vendre les meubles les moins
nécessaires. Le *petit lit* où avait couché ma sœur
fut celui que je regrettai le plus. Quant à ma mère,
elle ne pouvait mettre fin à ses lamentations. Son
ménage était sa gloire; en le voyant réduit et en-
tassé dans la pièce obscure que nous allions habi-

ter, elle se cacha la tête sous son tablier; on eût
dit qu'elle se regardait comme déshonorée.

Je ne puis savoir pourquoi les pauvres gens tiennent plus que les riches aux objets parmi lesquels
ils vivent ! Peut-être y sont-ils attachés par la
peine qu'ils ont eue à les acquérir, ou par un usage
plus continuel. Chez eux, rien ne disparaît, rien ne
change ; le meuble qui a commencé le ménage
reste à sa place jusqu'au jour où le ménage finit ;
il fait, pour ainsi dire, partie des maîtres eux-mêmes. Si le temps l'ébrèche, ils le réparent ou le
transforment : ses débris mêmes sont utilisés. Quand
le feu a percé le pot de terre dans lequel cuisait le
dîner de la famille, ils y plantent des pois de sen-
teur et du réséda pour orner la fenêtre. Tous ces
meubles en ruine sont comme des amis qui ont
vieilli à leurs côtés. Pour ma part, je n'ai jamais
pu me séparer volontiers de ce qui avait longtemps
*vécu* avec moi. Encore aujourd'hui, j'ai un grenier
encombré de meubles éclopés et d'ustensiles hors
d'usage ; c'est mon hôtel des Invalides pour de
vieux serviteurs. Cela n'est guère raisonnable, je
le sais; mais on peut bien accorder quelque chose

à ce *qu'on sent* quand on tâche toujours de faire ce *qu'on doit.*

Dès la semaine qui suivit, ma mère trouva à se placer chez un vieux célibataire qui habitait un petit pavillon au haut du faubourg Saint-Martin. M. Lenoir n'avait qu'une passion, celle de la géographie. Tous les murs de son logement étaient tapissés de cartes où il avait enfoncé des épingles dont la tête était garnie de cire à cacheter. Ces épingles, comme il me l'apprit plus tard, marquaient la route suivie par les plus célèbres voyageurs. M. Lenoir se rappelait leurs moindres aventures, savait le nom de tous les endroits qu'ils avaient visités et connaissait les plus petites peuplades de l'Afrique. En compensation, il n'eût pu dire qui étaient ses voisins, et il n'avait visité de Paris que son quartier. Aussi le traitait-on de maniaque; mais quand j'y ai réfléchi depuis, j'ai pensé que la plupart des gens qui se moquaient de lui n'étaient guère plus sages. Ne négligeaient-ils point, également, les connaissances indispensables pour des fantaisies ruineuses ou inutiles? Ne voyageaient-ils pas en Afrique avec des épingles à têtes rouges, quand il eût fallu s'occuper de leurs affaires et de leurs familles? Chaque fois que j'ai été tenté de perdre mon temps à des choses sans résultat, je me suis rappelé M. Lenoir, et cela m'a arrêté. — Preuve que tout sert d'enseignement à qui regarde, et que les fous eux-mêmes peuvent donner des leçons de sagesse.

# IV

En me faisant accepter pour gâcheur au chantier,
le père Mauricet me dit :

— Te voilà en route, Pierre Henri ; sois un vrai
bon goujat si tu veux devenir quelque jour un franc
ouvrier. Dans notre métier , vois-tu, c'est pas
comme dans le monde ; les meilleurs valets font
les meilleurs maîtres ; va donc de l'avant, et si
quelque compagnon te bouscule , accepte la

chose en bon enfant; à ton âge, la honte n'est pas de recevoir un coup de pied, c'est de le mériter.

La recommandation n'était pas inutile vu les manières en usage dans la partie. De tout temps, le maçon a eu droit de traiter son gâcheur paternellement, c'est-à-dire de le rosser pour son éducation. Je fus mis aux ordres d'un Limousin qui avait conservé, à cet égard, les antiques traditions. A la moindre maladresse, les coups pleuvaient avec un roulement de malédictions; on eût dit le tonnerre et la giboulée! Je fus d'abord étourdi; mais je me remis assez vite pour apprendre le métier et *servir de rigueur*, comme disait l'ami Mauricet.

Au bout d'un mois, j'étais le meilleur goujat du chantier. Le Limousin fut assez juste pour ne pas m'en savoir mauvais gré. Il continua de punir, à l'occasion, mes gaucheries, mais sans chercher de prétexte; l'homme était brutal et non méchant; sa sévérité lui paraissait un droit, et il frappait le goujat qui avait failli, comme le juge applique la loi, sans haine contre le condamné.

Bien qu'un peu rude, mon nouveau métier ne

me déplaisait pas. Il me permettait de prouver ma force et mon agilité. Mauricet ne manquait pas de les faire remarquer, ce qui me donna bientôt une réputation parmi les compagnons. Je m'appliquai à la soutenir en redoublant de zèle. La bonne renommée est, tout à la fois, une récompense et une chaîne ; si on en profite, elle vous engage ; ce sont comme des arrhes reçues du public, et qui obligent à faire son devoir. J'avais réussi à obtenir les bonnes grâces de tous les ouvriers du chantier par ma bonne volonté ; j'y gagnai d'apprendre plus rapidement et avec moins d'efforts le métier que beaucoup de mes pareils n'arrivaient jamais à savoir. Les leçons qu'on leur refusait et qu'ils devaient, pour ainsi dire, dérober, on me les donnait, à moi, avec une sorte de complaisance. J'étais devenu l'élève de tous les compagnons ; chacun d'eux mettait son honneur à m'apprendre quelque chose. On me permettait d'essayer les travaux les plus faciles, et l'on dirigeait mes tentatives. Mauricet, spécialement, avait toujours l'œil sur moi ; il ne m'épargnait ni conseils, ni encouragements.

—Vois-tu, Pierre Henri, me répétait-il sans cesse, un maçon, c'est comme un soldat ; faut qu'il fasse honneur au régiment de la truelle. L'architecte est notre général, il fait le plan de la bataille ; mais c'est à nous de la gagner en travaillant bravement le mortier et le moellon, comme les *troubadours* de là-bas travaillent l'ennemi. Le véritable ouvrier ne songe pas seulement à la note du boulanger, il aime l'ouvrage de ses bras, il y met sa gloire. Tel que tu me vois, je n'ai jamais posé le *mai* enrubané sur un pignon sans sentir là quelque chose ! Les maisons où j'ai mis la main deviennent comme qui dirait mes enfants ; lorsque je les vois, ça me réjouit l'œil ; il me semble que les locataires sont un peu mes obligés, et je m'intéresse à eux ! Quand je parle de ça, il y en a qui ricanent et me regardent comme un vieil empaillé d'avant le déluge ; mais les bons ouvriers me comprennent et topent dant mon sentiment. Aussi, crois-moi, petit, si tu veux avoir ta place parmi les lapins d'élite, mets du cœur au manche de ta truelle ; il n'y a que ça qui fasse le maître compagnon.

J'écoutais d'autant plus volontiers le père Mau-

ricet que je sentais déjà à sa manière. Le métier
m'était passé dans le sang, comme on dit ; j'aimais
mon travail pour lui-même ; j'en étais fier : j'y en-
trais tout entier. Depuis, j'ai reconnu que c'était là
ce qu'on appelait *la vocation.* Tout ouvrier qui ne
se plaît pas à son œuvre est hors du bon chemin ;
Dieu ne l'a pas destiné à la tâche que le hasard lui
a donnée. Pour faire valoir les gens et les choses, la
première condition est de les avoir à gré. J'ai connu
un vieux jardinier dont la culture étonnait tous
ses voisins. Si ailleurs les laitues montaient, on
voyait les siennes s'arrondir à souhait ; quand le
vent avait brûlé toutes les floraisons, ses espaliers
étaient cachés sous une neige de fleurs ; pendant que
le soleil d'août faisait jaunir les plus belles pelou-
ses, ses gazons restaient vert émeraude.

— Qui diable faites-vous donc à vos plants pour
que tout vous profite ainsi ! demandaient les voisins stupéfaits.

— Une seule chose, répondait le vieux jardinier :
je les aime !

C'est qu'en effet ce mot-là disait tout. Que de
soins impossibles à prescrire d'avance, et que la

3.

bonne volonté du cœur inspire ! L'exemple et l'habitude peuvent vous apprendre le métier; mais il n'y a que le goût de l'œuvre qui fasse de vous un ouvrier.

Au reste, les conseils du père Mauricet n'étaient pas mes seuls encouragements. Je trouvais à chaque instant des excitations indirectes dans les entretiens des compagnons. Tout en jointoyant la pierre, ou en crépissant les murs, ils racontaient les chroniques du métier et les hauts faits de leurs grands hommes. Il y avait surtout l'histoire du gros Mauduit que je ne pouvais me lasser d'entendre.

Le gros Mauduit était un maître compagnon natif de la Brie, qu'on avait surnommé *quatre mains*, parce qu'il faisait autant d'ouvrage que les deux meilleurs ouvriers. Il travaillait toujours seul, servi par trois goujats qui pouvaient à peine lui suffire. Vêtu d'un habit noir, chaussé d'escarpins cirés à l'œuf, et coiffé à l'oiseau royal, il achevait sa journée sans qu'une tache de plâtre ou qu'un choc de *boulin* (1) nuisît à l'élégance de son costume On venait le voir travailler des quatre coins de la

(1) Nom donné aux perches qui supportent l'échafaudage.

France, et il y avait toujours sous son échafaudage autant de curieux que devant les tours de
Notre-Dame.

Personne n'avait jamais entrepris de lutter contre
le gros Mauduit, quand il arriva un jour, de la Beau-
ce, un petit homme appelé Gauvert, qui, après l'a-
voir vu travailler, demanda à concourir avec le roi
des maîtres compagnons. Gauvert n'avait pas cinq
pieds et était tout costumé de drap couleur mar-
ron, avec un petit catogan qui pendait sur le col-
let de son habit. On plaça les adversaires aux deux
bouts d'un échafaudage, et, à un signal donné, la
lutte commença.

Le mur grandissait à vue d'œil sous leurs doigts,
mais en se maintenant toujours de niveau; si bien
qu'à la fin de la journée aucun d'eux n'avait dépassé
l'ouvrage de son concurrent de l'épaisseur d'un
caillou. Ils recommencèrent le lendemain, puis les
jours suivants, jusqu'à ce qu'ils eussent conduit la
maçonnerie à la corniche. Comprenant alors l'im-
possibilité de se vaincre, ils s'embrassèrent en se
jurant amitié, et le gros Mauduit donna sa fille en
mariage au petit Gauvert. Les descendants de ces

deux vaillants ouvriers *ont aujourd'hui une maison à cinq étages dans chaque arrondissement de
Paris !*

Cette histoire, racontée avec mille variantes, et
dont je ne me permettais point de soupçonner
l'authenticité, m'enflammait d'une passion fana-
tique pour la truelle et le marteau. Sans l'avouer
tout haut, je nourrissais l'espérance de surpasser
tous les compagnons de France et de Navarre, de
devenir un second Gauvert ou un nouveau Mauduit ! Cette ambition accéléra tellement mes progrès, que je me trouvai en mesure de prendre rang
d'ouvrier à l'âge où l'on devient généralement
apprenti. Un pareil succès m'étourdit : enlevé trop
tôt à la dépendance que j'avais supportée jusqu'a-
lors, j'abusai d'une autorité que je n'avais point
appris à exercer. Mon goujat fut le plus mal mené
du chantier. Mauricet m'avertit deux ou trois fois.

— Prends garde, petit, me dit-il, avec sa familiarité ordinaire ; tu n'as encore que tes dents de
lait ; si tu mords trop dur, tu les casseras.

Sa prophétie faillit s'accomplir à la lettre, car un
beau jour mon servant, lassé de mes mauvais trai-

tements, s'insurgea tout de bon et me traita
comme le plâtre qu'il avait l'habitude de préparer.
Je portai pendant plus d'un mois les marques de
cette correction trop bien méritée et qui me profita. Mais redressé de ce côté, je me laissai tomber
d'un autre.

Quelques-uns des compagnons du chantier fê-
taient dévotement *saint Lundi*, et avaient essayé
plusieurs fois de m'entraîner. Je résistai d'abord
sans trop de peine. Les souvenirs de la barrière ne
me riaient pas; mais on m'attaqua par la raillerie;
on déclara que j'avais peur d'être fouetté par ma
mère, que je n'étais point encore sorti de sévrage,
et que le cognac me brûlerait le gosier. Ces sotti-
ses me piquèrent. Je voulus prouver que je n'étais
plus un enfant, en me conduisant aussi mal qu'un
homme. Entraîné hors barrière un lendemain de
paie, et encore muni de l'argent de ma quinzaine,
j'y demeurai jusqu'à ce que tout eût passé de la poche de ma veste dans le tiroir du marchand de vin.

Le dimanche et le lundi avaient été employés à
cette longue débauche; je rentrai le soir du second jour sans chapeau, couvert de boue et bat-

tant de mon corps toutes les murailles du faubourg. Ma mère ignorait ce que j'étais devenu, et me croyait blessé ou mort; elle m'avait cherché à la morgue d'abord, puis à l'hôpital. Je la trouvai avec Mauricet qui s'efforçait de la rassurer. Ma vue la tira d'inquiétude, mais non de peine. Après la première joie de me retrouver, vint le chagrin de me voir en un pareil état. Aux lamentations succédèrent les reproches. J'étais tellement ivre que j'entendais à peine, et que je ne pouvais comprendre. Le ton seul m'apprit qu'on me réprimandait. Ainsi que la plupart des ivrognes, j'avais le vin glorieux, et je me regardais, pour le quart d'heure, comme un des rois du monde. Je répondis en imposant silence à la bonne femme, et déclarant que je voulais désormais vivre à ma guise et porter tout seul, comme on dit, ma cuiller à ma bouche. Ma mère éleva la voix; je criai plus fort, et la querelle s'envenimait, quand le père Mauricet mit le holà! Il déclara que ce n'était point le moment de causer et me fit coucher sans aucune observation. Je dormis d'un trait jusqu'au lendemain.

Quand j'ouvris les yeux, au petit jour, je me

rappelai tout ce qui s'était passé, et je sentis un peu de honte mêlée de beaucoup d'embarras. Cependant, l'amour-propre m'empêchait de me repentir. En définitive, j'étais maître de l'argent gagné par mon travail ; je pouvais disposer de mon temps ; nul n'avait droit'd'y trouver à redire, et je résolus de couper court à toutes les observations.

Ma mère seule m'inquiétait : voulant éviter ses reproches, je me levai doucement et je partis sans la voir.

Lorsque j'arrivai au chantier, je trouvai déjà les autres au travail ; mais ils ne parurent pas prendre garde à moi. Je me mis à *limousiner* d'asséz mauvaise humeur et avec nonchalance. Ces deux jours de débauche m'avaient ôté le goût du métier. J'avais, de plus, comme une humiliation intérieure que je cachais sous un air de bravade. Je prêtais l'oreille à ce que disaient les autres compagnons, craignant toujours d'entendre quelque plaisanterie ou quelque fâcheux jugement sur mon compte. Quand l'entrepreneur arriva, je feignis de ne pas le voir, et j'évitai de lui parler, de peur qu'il ne me demandât la cause de mon absence de la

veille. J'avais perdu cette bonne conscience qui, autrefois, me faisait regarder le monde en face ; je
sentais maintenant dans ma vie un souvenir à
cacher.

Ceux qui m'avaient entraîné à la barrière n'é-
taient point encore de retour; l'entrepreneur en fit
la remarque.

— C'est une infirmité qu'ils ont comme ça, dit le
*loustic* du chantier ; quand ils travaillent par hasard, ils avalent tant de plâtre qu'il leur faut au
moins trois jours de vin d'Argenteuil pour se rin-
cer le gosier.

Tous les compagnons se mirent à rire ; mais il
me sembla qu'il y avait dans ce rire une sorte de
mépris. Je rougis involontairement, comme si la
plaisanterie eût été faite contre moi. Tout nouveau
dans le désordre, j'en étais encore aux scrupules et
aux remords.

La journée se passa ainsi assez tristement. L'espèce de malaise que j'éprouvais dans tous les
membres s'était communiqué à mon esprit ; j'é-
tais fatigué au dedans et au dehors.

Tant que nous avions travaillé, le père Mauricet

ne m'avait point adressé la parole ; mais à l'heure de partir, il vint à moi et me dit que nous ferions route ensemble. Comme il logeait à l'autre bout de Paris, je lui demandai s'il avait quelque affaire dans notre quartier.

— Tu verras, me répondit-il brièvement.

Je voulais suivre mon chemin ordinaire ; mais il me fit prendre par d'autres rues, sans me dire pourquoi, jusqu'à ce que nous fussions arrivés devant une maison du faubourg Saint-Martin ; là il s'arrêta.

— Vois-tu dans ce bâtiment, me dit-il, la haute cheminée qui se dresse près du pignon, et que j'appelle *la cheminée de Jérôme ?* c'est là que ton père s'est tué !

Je tressaillis jusqu'au fond des entrailles, et je regardai la cheminée fatale avec une espèce d'horreur mêlée de colère.

— Ah ! c'est là, répétai-je d'une voix qui tremblait ; vous y étiez, pas vrai, père Mauricet ?

— J'y étais.

— Et comment la chose est-elle arrivée ?

— Ni par la faute du bâtiment, ni par la faute

du métier, répliqua Mauricet. L'échafaudage était bien établi, le travail sans danger; mais ton père est venu là en descendant de la barrière; la vue était trouble, les jarrets ne se connaissaient plus; il a pris le vide pour une planche, et il s'est tué sans excuse.

Je sentis le rouge me monter au visage et le cœur me battre plus fort.

— Le père Jérôme eût été un vaillant ouvrier, reprit Mauricet, si *la gourmandise* ne l'avait perdu. A force de s'attabler chez les marchands de vin, il y avait laissé sa force, son adresse et son esprit. Mais bah! on ne vit qu'une fois, comme dit cet autre; faut bien s'amuser avant son enterrement. Si les veuves et les orphelins ont faim ou froid plus tard, ils vont au bureau de charité, et ils soufflent dans leurs doigts. C'est-il pas ton opinion, dis?

Et il se mit à chanter un refrain bachique alors à la mode :

Occupons-nous de bien boire.
Quand on sait bien boire on sait tout.

J'étais humilié, confus, et je ne savais que répondre; je sentais bien que Mauricet ne parlait pas

sérieusement ; mais l'approuver m'eût fait honte ;
le contredire, c'était me condamner. Je baissai la
tête sans rien dire. Cependant il continuait à regarder ce pignon maudit.

—Pauvre Jérôme, reprit Mauricet, en changeant
de voix et comme attendri, s'il n'eût pas suivi les
mauvais exemples quand il était jeune, nous l'aurions encore avec nous ; Madeleine reposerait son
vieux corps, et toi tu trouverais quelqu'un qui te
montrerait la route. Mais non, il n'y a plus rien
de lui, pas même un bon souvenir, car on ne re-
grette que les bons ouvriers. Quand le malheureux
s'est écrasé là sur le pavé, sais-tu ce qu'a dit le tâ-
cheron ?... — Un ivrogne de moins, enlevez et ba-
layez !

Je ne pus retenir un mouvement d'indignation.

— Dame ! c'était un dur à cuire, continua Mauricet ; il n'estimait les hommes que pour ce qu'ils
valaient. Si la mort avait pris un bon travailleur,
il eût dit : — C'est dommage ! Au fond, tout le
monde pensait comme lui, et la preuve, c'est qu'il
n'y a eu que les amis à suivre le corps de Jérôme
jusqu'à la fosse. Ceux-là même avec lesquels il trin-

quait lui ont tourné le dos dès qu'il a été dans sa bière; car les vauriens se fréquentent, vois-tu, mais ils ne s'aiment pas.

J'écoutais toujours sans répondre. Nous nous étions remis en marche : au premier carrefour, Mauricet s'arrêta, et me montrant la cheminée qui se dressait au loin par-dessus les toits :

— Quand tu voudras recommencer ta vie d'hier, dit-il, regarde d'abord de ce côté, et le vin que tu boiras *aura le goût du sang.*

Il partit en me laissant tout saisi.

Mauricet avait une manière à lui que j'ai remarquée plus tard, et qui empêchait d'oublier ce qu'il avait dit. C'était un homme ignorant, mais qui frappait toujours droit. Ses paroles vous arrivaient à l'esprit comme les images à notre œil; on les voyait sous une forme et avec une couleur. Ce n'était pas toujours le mot seul qui en était la cause, mais le geste, le regard, l'accent, je ne sais quoi enfin qui sortait de lui pour venir à vous. Depuis que j'ai un peu lu et un peu pensé, je me suis dit que c'était là ce qui devait faire les hommes éloquents.

Je rentrai chez ma mère très-troublé, sans vou_
loir le paraître; je luttais contre la leçon que je
venais de recevoir, je me révoltais en moi-même
de me sentir ébranlé; je jurais tout bas de ne point
céder et de continuer à prendre la vie joyeuse-
ment. Je cherchais d'autant plus à me fortifier
dans mon impénitence que je m'attendais aux reproches de Madeleine. Préparé à y couper court
par une déclaration d'indépendance, j'entrai dans
notre pauvre demeure le front haut et d'un pas
délibéré.

La vieille femme achevait de mettre le couvert
et me reçut comme d'habitude. Cette bonté décon-
certa toutes mes résolutions. Je me trouvai tellement saisi du sentiment de ma faute, que si je n'a-
vais fait un effort j'aurais pleuré. Ma mère n'eut
l'air de rien voir (j'ai su depuis que Mauricet lui
avait fait la leçon); elle causa aussi gaîment que
de coutume, ne parla point de l'argent de ma quinzaine dont je l'avais frustrée pour la première fois,
et ne parut nullement inquiète. Je me couchai
complétement désarmé et le cœur bourrelé de remords. Toute la nuit, je crus voir mon père chan-

celant sur l'échafaudage ou se brisant sur le pavé.
Moi-même je me trouvais ivre au plus haut d'une
corniche, suspendu sur l'espace et près de me pré-
cipiter. Lorsque je me levai le lendemain, j'avais
la tête lourde et tous les membres douloureux.

Cependant j'arrivai au travail à l'heure ordinaire : ce fut encore un mauvais jour. J'étais moins
étourdi que la veille, mais plus triste. A l'embarras avait succédé le regret. Il fallut près d'une semaine pour me rendre ma vigueur et mon entrain.
La première fois que Mauricet m'entendit chanter,
il passa près de moi en me frappant sur l'épaule :

— Le contentement est revenu au logis, me dit-
il; à la bonne heure, *fieu!* garde-moi bien cet oi-
seau-là.

— Ne craignéz rien, répondis-je en riant, nous
lui ferons une jolie cage où il trouvera à manger...

— Tâche, surtout, qu'il n'ait pas trop à boire !
répliqua Mauricet.

Nous échangeâmes un regard, et il passa en sifflant.

Trente-trois ans se sont écoulés depuis ce jour,
et je n'ai jamais oublié la promesse que je me fis

alors à moi-même. Exposé à toutes les tentations de l'intempérance, j'ai fini par ne plus y prendre garde. Dans le bien comme dans le mal, ce sont les premiers pas qui décident de la route ; une habitude est quelquefois impossible à vaincre, **mais presque toujours facile à éviter.**

# V

Un malheur domestique. — Je suis mis à l'épreuve. — Ma mère part. — Histoire du petit verre d'eau-de-vie. — Ce qu'est la vie de garçon pour l'ouvrier. — La chambrée; le bonhomme Marcille et Faroumont dit *La Chiourme*. — Une position difficile.

Depuis que je gagnais des journées d'ouvrier, le ménage avait retrouvé un peu d'aisance. Nous avions pu quitter notre cave pour reprendre l'ancien logement. Les meubles qu'il avait fallu vendre après la mort du père, avaient été remplacés; nous remontions décidément sur l'eau et les voisins nous traitaient déjà de richards.

Tout alla bien jusqu'au moment où ma mère
commença à se plaindre de sa vue, qui avait baissé,
petit à petit, sans que la chère femme y prît garde, ou plutôt sans qu'elle voulût se l'avouer. Il
y avait toujours pour elle un prétexte. Aujour-
d'hui c'était la fumée, demain le brouillard, le
jour suivant un rhume de cerveau; ce fut seulement au bout de dix ans qu'elle s'avisa de s'en
prendre à ses yeux. Elle ne distinguait plus les menus objets; il avait fallu renoncer à la couture et
au ménage du vieux géographe; je commençai à
m'inquiéter; Mauricet, dont je pris conseil, me
proposa de consulter un oculiste pour lequel il
avait travaillé et qu'il connaissait.

On eut grand'peine à persuader ma mère qui,
n'ayant jamais été malade ne voulait point croire
aux médecins; enfin, pourtant, elle se laissa conduire.

L'oculiste était un homme de moyen âge, grand,
maigre, d'un calme superbe. Il regarda les yeux
de la mère, ne dit pas un mot et écrivit une or-
donnance qu'il me remit. J'aurais bien voulu avoir
une parole qui pût me rassurer; mais d'autres

4

attendaient leur tour, je n'osai rien dire, et il fallut partir comme nous étions venus. Cependant, à la porte, je m'aperçus que Mauricet ne nous avait point suivis. Plus hardi avec l'oculiste, il avait voulu, sans doute, l'interroger. Nous l'attendîmes quelques minutes au bas de l'escalier où il nous rejoignit enfin.

— Eh bien, qu'a dit votre charlatan? demanda ma mère, qui ne pouvait pardonner au médecin sa froideur silencieuse.

— Il vous ordonne de manger du rôti à discrétion et de dormir sur les deux oreilles, répondit Mauricet.

— Mais est-il sûr de la guérison? demandai-je.

— Est-ce qu'il ne t'a pas donné un papier? répliqua le maçon.

— Le voici.

— Alors, fais ce qu'il a écrit dessus et laisse l'eau couler sous le Pont-Neuf.

L'accent de Mauricet avait quelque chose de bref qui me frappa; mais je ne voulus rien dire sur le moment. Il prit le bras de la chère femme auquel il fit cent contes pendant le chemin; jamais je ne l'avais vu si boute-en-train. Cependant, une fois arrive, je le tirai à part pour l'avertir que je voulais lui parler.

— Moi aussi, répliqua-t-il tout bas ; quand je sortirai reconduis-moi.

La mère s'était déjà remise à ses arrangements de ménage ; Mauricet ne tarda pas à prendre congé, et je le suivis.

Comme nous descendions l'escalier, je lui demandai avec inquiétude ce qu'il avait à me dire.

— Attends que nous soyons dans la rue, me répliqua-t-il.

Nous y arrivâmes et il fit encore une dizaine de pas sans parler ; je ne pus attendre davantage.

— Au nom de Dieu ! Mauricet, que vous a dit l'oculiste ? demandai-je avec angoisse.

Il se retourna de mon côté.

— Ce qu'il m'a dit ? tu t'en doutes bien, reprit-il brusquement ; il croit que la mère Madeleine est en train de devenir aveugle.

Je jetai un cri ; mais il continua presque en s'emportant :

— Allons, tonnerre ! il ne s'agit pas de pousser des

hélas! causons tranquillement comme des hommes.

— Aveugle! répétai-je, et que deviendra-t-elle?
Comment lui trouver une compagnie? Qui la soi-
gnera!

— Ah! voilà! dit Mauricet; il est clair qu'il faut
prendre un parti, et c'est pourquoi je t'ai parlé de
la chose. Une vieille femme aveugle sera une rude
charge pour un jeune gars; c'est à toi de voir si tu
la trouves trop lourde.

Je le regardai d'un air qui lui prouva que je ne
comprenais pas.

— Eh bien oui, oui, continua-t-il, en répondant
à ma physionomie, tu peux t'en décharger si le
cœur t'en dit. Il y a des retraites pour les pauvres
gens incurables!

— Où cela?

— A l'hospice.

— Vous voulez que je mette ma mère avec le
ndiants? m'écriai-je.

— Parbleu! vas-tu pas faire le sénateur, dit
Mauricet sans me regarder; il y en a de plus hup-

pées que Madeleine, de vraies dames qui ont eu laquais et équipages.

— Alors c'est qu'elles n'ont pas de fils ! repris-je.

— C'est à savoir, continua le maçon, en pliant les épaules, les fils ne sont pas plus obligés que les mères, et il y en a pas mal de celles-ci qui portent l'enfant au tour des orphelins.

— Mais ce n'est pas la mienne, interrompis-je vivement ; la mienne m'a gardé dans ses bras tant que j'étais petit ; elle m'a nourri de son lait et de son pain, j'ai grandi comme un espalier contre la muraille de son amitié, et maintenant que le mur a des lézardes, je laisserais d'autres le soutenir ! Non pas, non pas ; père Mauricet, vous ne pouvez pas avoir cru ça. Si la bonne femme perd vraiment la vue, eh bien ! il lui restera la mienne ; entre deux ça ne fait qu'un œil à chacun ; mais, faute de mieux, on s'en contentera.

—Tu dis ça dans un accès de cœur, fit observer Mauricet ; mais faudra réfléchir de sang-froid. Songe bien que c'est un boulet que tu te rives au pied. Adieu la liberté, les économies, le mariage même, car de longtemps tu ne gagneras assez pour

4.

*entreprendre une famille* avec une pareille non-valeur.

—Une non-valeur, répétai-je scandalisé, vous vous trompez, Mauricet; la vieille femme me donnera du contentement et du courage. Quand je suis né, j'étais aussi une non-valeur pour la pauvre créature, et cependant elle m'a reçu volontiers. Bien sûr que je sais à quoi je m'engage et que je n'ai pas la tête dans le cœur comme vous paraissez le croire. Je trouve l'épreuve rude et j'aurais voulu ne pas avoir à la supporter; mais, puisqu'elle est venue, que Dieu me punisse si je ne fais pas mon devoir jusqu'au bout!

Ici Mauricet, qui ne m'avait point encore regardé, se tourna vivement de mon côté et me prit les deux mains.

— Tu es un vrai bon ouvrier ! s'écria-t-il tout épanoui; j'ai voulu voir ce que tu avais là et si les fondations étaient solides; maintenant je suis content. Au diable la frime ! causons à cœur ouvert.

—Mais l'oculiste pense-t-il réellement qu'il n'y ait aucun remède? demandai-je.

—C'est son opinion, répondit Mauricet; cependant, comme je le quittais, il a dit qu'il restait peut-être espoir d'enrayer le mal si la bonne femme pouvait vivre à la campagne, avec de l'air à discrétion et de la verdure sous les yeux.

Je l'interrompis en m'écriant que je l'y enverrais...

— Ça sera difficile, objecta Mauricet ; en vivant séparés, vous dépenserez quasiment le double, et j'ai peur que les cordons de ta bourse ne soient moins longs que tes bons désirs.

Mais l'espérance incertaine donnée par le médecin me préoccupait par-dessus tout, je me mis à chercher avec Mauricet quelque expédient pour tenter ce dernier moyen. Il se rappela enfin une *payse,* la mère Riviou, établie près de Lonjumeau, et chez laquelle Madeleine pouvait trouver peut-être, sans beaucoup de frais, la vie et les soins dont elle avait besoin. Il lui fit écrire et reçut une réponse telle que nous pouvions la désirer.

Restait à faire consentir la malade elle-même. Il fallut pour cela, que Mauricet appuyât mes prières de toute son éloquence. La chère femme regardait son séjour à la campagne comme un exil ; elle

m'en voulait seulement d'y avoir pensé. Enfin
pourtant elle céda, et j'allai moi-même la conduire.

La mère Riviou nous reçut comme de vieilles
connaissances. Jamais femme plus brave n'avait
mangé le pain du bon Dieu. Elle comprit tout de
suite le caractère de sa nouvelle pensionnaire et
me promit de lui donner contentement.

— Nous passons notre vie aux champs, me dit-
elle, si bien que la maison sera à votre mère ; elle
pourra la conduire comme on fait de son âne, par
la bride et le licou. Nous avons trop à faire pour
chicaner à quelqu'un sa fantaisie ; ici chacun aime
son repos, ce qui fait qu'on ne touche pas à celui
des autres. Dans un mois, j'aurai une filleule qui
tiendra compagnie à la bonne femme et l'aidera
pour le ménage. C'est un vrai chien de berger que
votre mère pourra faire obéir au doigt et à l'œil ;
par ainsi, il faudra bien qu'elle se plaise parmi
nous ou le diable s'en mêlera. — Je partis complétement rassuré.

J'avais pris pour revenir une de ces charrettes
de messagers, encore communes dans ce temps-là

aux environs de Paris, et qui transportaient, pêle-
mêle, marchandises et voyageurs. La carriole était
attelée d'un seul cheval, qui allait au pas, la route
cahoteuse, les bancs formés d'une simple planche
mal rabotée, de sorte que je perdis patience à mi-
chemin ; je descendis près du conducteur et je me
mis à suivre à pied, comme lui.

Ce conducteur était un homme encore jeune, de
belle apparence et dont le visage annonçait cette
santé robuste qui est le salaire d'une bonne conscience. A tous les hameaux où nous nous arrê-
tions, je le voyais donner ou recevoir des commissions sans entendre jamais aucune plainte. S'il
avait à rendre sur une pièce d'argent, on prenait
toujours la monnaie sans compter; les femmes lui
demandaient des nouvelles de ses enfants, les
hommes le chargeaient d'achats au bourg; la conduite de tous prouvait enfin l'amitié et la confiance.

Autant que j'en avais pu juger par ma conversation avec le voiturier, il me semblait la mériter.
Toutes ses paroles exprimaient un bon sens et une
bienveillance auxquels les charretiers de Paris ne

m'avaient pas accoutumé. Il connaissait les amé-
liorations tentées dans le pays; il nommait les propriétaires de chaque champ que nous dépassions
et s'intéressait à sa bonne ou à sa mauvaise récolte. J'appris bientôt que lui-même avait quelques arpents de terre qu'il cultivait entre ses
voyages, et pour lesquels il profitait de toutes les
observations recueillies sur le chemin. Il me racontait l'histoire de son domaine, comme il l'appelait
en riant, quand nous fûmes croisés sur la route
par un homme pauvrement vêtu, courbé et dont
les cheveux grisonnants retombaient en désordre
sur un visage bourgeonné. Au moment où il passait près de nous, je m'aperçus qu'il chancelait. Il
salua le voiturier avec la chaleur bruyante de l'i-
vresse, et celui-ci répondit d'un ton de familiarité
qui me surprit.

—C'est un de vos amis? demandai-je quand il
fut éloigné.

—Cet homme-là? répéta-t-il; c'est mon bienfai-
teur et mon maître!

Je le regardai comme si je n'avais pu comprendre.

—Ça vous étonne, reprit le messager en riant ; c'est pourtant la vérité. Seulement le malheureux ne s'est jamais douté de la chose. Faut vous dire d'abord que Jean Picou (c'est comme ça qu'on le nomme), Jean Picou donc est un ancien camarade d'enfance. Nos parents demeuraient porte à porte, et nous avons fait notre première communion la même année. Seulement Picou était déjà, pour lors, un peu folâtre, et, en prenant de l'âge, il a eu bientôt adopté toutes les habitudes des bons vivants. Je ne l'avais pas beaucoup fréquenté d'abord ; mais le hasard finit par nous mettre ouvriers chez le même bourgeois. Le premier jour, au moment de partir pour le travail, voilà que Picou et les autres s'arrêtent au cabaret pour boire le coup d'eau-de-vie du matin. Je restai à la porte sans trop savoir ce que je devais faire ; mais ils m'appelèrent tous.

— N'a-t-il pas peur que cela le ruine ! s'écria Picou en se moquant ; deux sous d'économisés ! il croit peut-être que ça le rendra millionnaire !

Les autres se mirent à rire, ce qui me fit honte, et j'entrai boire avec eux. Cependant, arrivé au

champ, et, tout en m'occupant du labour, je commençai à ruminer ce que Picou avait dit : Le prix
de ce petit verre du matin était, dans le fait, peu
de chose; mais répété chaque jour, il finissait par
produire *trente-six francs dix sous !* Je me mis à
calculer tout ce que l'on pourrait avoir avec cette
somme.

*Trente-six francs dix sous,* dis-je en moi-même,
c'est, quand on est en ménage, une chambre de
plus au logement, c'est-à-dire de l'aisance pour la
femme, de la santé pour les enfants, de la bonne
humeur pour le mari. — C'est le bois de l'hiver,
ou le moyen d'avoir du soleil à domicile quand il
n'y a que de la neige au dehors. — C'est le prix
d'une chèvre dont le lait augmente le bien-être du
ménage. — C'est de quoi payer l'école où le garçon apprend à lire et à écrire. — Puis, retournant
mon esprit d'un autre côté, j'ajoutais : *Trente-six
francs dix sous !* Notre voisin Pierre ne paie point
davantage pour la location de l'arpent qu'il cultive et qui nourrit sa famille ! C'est juste l'intérêt
de la somme que je devrais emprunter pour acheter au commissionnaire du bourg, le cheval et la

charrette qu'il veut vendre ! Avec cet argent dé-
pensé chaque matin, au détriment de ma santé,
je puis me faire un état, élever une famille, ramasser les épargnes nécessaires à mes vieux jours.

Ces calculs et ces réflexions me décidèrent. Je
laissai de côté la mauvaise honte qui m'avait fait
céder une fois aux sollicitations de Picou ; j'épar-
gnai sur mes premiers gains ce qu'il m'aurait fait
dépenser au cabaret, et bientôt, je pus entrer en
marché avec le voiturier auquel j'ai succédé.

Depuis j'ai toujours continué à calculer chaque
dépense et à ne négliger aucune économie, tandis
que Picou persévérait, de son côté, dans ce qu'il
appelle *la vie des bons enfants !* Vous voyez où cela
nous a conduits tous deux : les haillons du pauvre
homme, sa vieillesse avant l'âge, le mépris des
honnêtes gens et mon aisance, ma santé, ma bonne
réputation, tout vient d'une habitude prise ! Sa
misère, c'est le petit verre d'eau-de-vie qu'il boit en
se levant, comme mes joies sont les deux sous
épargnés chaque matin !

Ainsi parla le messager ! Depuis, je me suis bien
des fois rappelé l'histoire du petit verre d'eau-de-

vie, et je l'ai racontée à bien d'autres comme une leçon.

Cependant, l'absence de ma mère changeait tout pour moi. Maintenant j'étais seul, obligé de manger chez le marchand de vin et de coucher à la chambrée. Ne partageant point les habitudes des autres compagnons, je ne savais que faire de mes dimanches et de mes soirées. Mauricet s'aperçut que je tombais dans la tristesse.

— Prends garde, me dit-il, faut tirer parti de toutes les positions. J'ai passé par là, mon petit, et je sais ce que c'est que de bivouaquer ainsi dans le provisoire et d'avoir toujours sa vie sous le pouce, comme un déjeuner de passage. Au commencement, ça vous embrouille, ça vous ennuie, on aimerait mieux coucher sur la paille que dans les draps de tout le monde; mais c'est un apprentissage, vois-tu, il n'y a pas de mal que tu te trouves abandonné à toi-même et obligé de veiller au grain. Avec les mères on n'est jamais sevré ! Quand nous sommes tout petits et que le bon Dieu nous les donne, il nous fait une grâce; mais quand nous sommes devenus des hommes, et qu'il nous les retire pour un temps, c'est nous rendre service. Si Madeleine n'était point partie, tu n'aurais jamais appris à remettre tes boutons de bretelles.

Je sentais la vérité de ce qu'il disait; mais je trouvais ce nouvel apprentissage autrement dur que celui auquel j'avais dû me soumettre pour un métier; je commençais à comprendre qu'il était plus difficile d'être un homme que de devenir un ouvrier.

La chambrée où je couchais avait une douzaine de lits occupés par des compagnons appartenant aux différentes parties du bâtiment, tels que maçons, charpentiers, peintres ou serruriers. Parmi eux se trouvait un Auvergnat déjà sur le retour qu'on nommait Marcotte, et qui avait autrefois *limousiné* dans notre chantier. C'était un homme tranquille, tout à son travail, sans être grand ouvrier, et qui ne parlait que lorsqu'il ne pouvait pas se taire. Le bonhomme Marcotte vivait de noix ou de radis, selon la saison, et envoyait tous ses gains au pays pour acheter de la terre. Il possédait déjà une dizaine d'arpents et attendait qu'il fût arrivé à la douzaine pour se retirer sur son domaine.

Il devait se bâtir lui-même une maisonnette, avoir deux vaches, un cheval, et vivre là en cultivateur.

Ce projet, poursuivi depuis l'âge de quinze ans, était presque accompli : encore quelques mois et il touchait au but. Nous plaisantions parfois le bonhomme qu'on avait surnommé le *propriétaire ;* mais les moqueries glissaient sur son amour-propre comme la pluie sur les toits. Tout à son idée, le reste n'était pour lui que du bruit. Ce fut en le voyant que je réfléchis pour la première fois à ce qu'il y avait de force dans une volonté toujours la même et toujours active. Avant cet exemple, je ne savais pas ce que peut la persévérance du plus faible contre l'obstacle le plus fort.

Le voisin de chambrée du bonhomme Marcotte acheva la leçon. Celui-ci était un compagnon-serrurier jeune et habile, mais qui ne travaillait qu'à ses heures, s'amusait à discrétion et ne restait jamais dans un atelier plus d'un mois, de peur d'*être pris par la mousse,* comme il le disait. Tout ce qui le gênait était traité par lui de *superstitions.* Parlait-on de la régularité dans le travail : su-

perstition ! de la probité envers le bourgeois : superstition ! de l'obligeance pour les camarades :
superstition ! de ce qu'on doit aux siens : superstition ! Faroumont déclarait hautement que chacun
vivait pour soi et devait regarder les autres hommes comme un gibier excellent à frire quand on
pouvait l'attraper. On riait de ses idées, mais il
courait sur son compte des bruits qui sentaient la
*correctionnelle,* et les bons ouvriers s'en tenaient
avec lui à bonjour et à bonsoir.

Pour ma part, je l'évitais le plus possible, moins
par raison que par répugnance. Aussi, dès le premier jour, il m'avait appelé *la Rosière,* en raillerie
de quelques scrupules que j'avais laissé voir, et
j'avais répondu au sobriquet en le nommant *la
Chiourme,* par allusion au bagne, où ses principes
me paraissaient devoir le conduire. Depuis, les
deux noms nous avaient été conservés par la
chambrée. Bien que Faroumont eût paru prendre
la chose en riant, il m'avait gardé rancune, et il
essaya plusieurs fois de me chercher querelle; sachant bien que je n'étais pas de force à lui résister; mais j'y mis assez de prudence pour tromper

ses intentions. Mauricet, témoin d'une de ses tentatives, m'encouragea à persister.

— Défie-toi de *la Chiourme* comme du diable,
me dit-il sérieusement ; tu sais que je ne suis pas
un enfant et que j'ai tenu tête à des lurons solides;
mais j'aimerais mieux une maladie de six mois
que d'avoir affaire à celui-là.

Je pensais de même : l'intelligence et la méchanceté de Faroumont rendaient sa vigueur véritablement redoutable ; car une des misères de notre condition, à nous autres gens de métier, est le
respect aveugle que nous avons pour la force. Une
sorte de point d'honneur réduit l'ouvrier à ses
moyens personnels de défense ; il tient à gloire de
n'en point chercher au dehors, de sorte que celui
qui peut avoir raison de chacun en particulier, se
trouve en mesure de tyranniser tout le monde. Si
la race des duellistes à coups d'épée disparaît dans
les autres classes, celle des duellistes à coups de
poing est toujours aussi nombreuse parmi nous.
Combien n'ai-je pas vu de ces vauriens féroces qui
avaient estropié de braves ouvriers, ou même fait
des veuves, et à qui leur scélératesse tenait lieu

de considération ? Nul n'osait leur montrer son mépris, de peur de grossir la liste des victimes. Tout
le monde disait : « Faut prendre garde ; c'est un
méchant gueux ! » Et on avait pour lui des égards !
Qu'eût-il été cependant contre tous ? Puisqu'on
était d'accord pour le juger, d'où vient qu'on ne
s'entendait pas pour exécuter le jugement ? Serait-
il donc si difficile aux honnêtes ouvriers de se réunir
contre ces bêtes enragées pour les chasser de leurs
rangs ? Mais nous avons encore, à plus d'un égard,
des idées de sauvages : comme eux, nous prenons
l'esprit de brutalité et de bataille pour le courage
et nous en faisons une vertu qui rachète tous les
vices !

Le voisinage de la chambrée m'avait lié avec
le bonhomme Marcotte, autant du moins que le
permettait la différence d'âge et de goûts. Il me
confia son projet de retourner prochainement
au pays ; il n'attendait pour cela qu'une occasion
d'achever l'acquisition de son petit domaine.

Deux ou trois jours après cette confidence, il
rentra plus tard qu'à l'ordinaire ; une partie de
nos compagnons étaient déjà couchés ; j'avais veillé

pour écrire à Lonjumeau ; et j'allais éteindre ma chandelle quand j'entendis le bonhomme qui montait en chantonnant. Il ouvrit la porte avec une assurance bruyante qui m'étonna. Contrairement à toutes ses habitudes, il avait la voix haute, l'œil brillant et le chapeau crânement penché sur l'oreille. Au premier regard, je compris que *le propriétaire* avait dérogé à sa sobriété habituelle. Le vin le rendait causeur, et il s'assit sur le bord de son lit pour me raconter sa soirée : il venait de quitter le voiturier qui faisait les commissions au pays. Il avait appris de lui que la pièce de terre, longtemps convoitée et qui devait compléter sa *gagnerie*, était enfin à vendre ; le notaire n'attendait que son argent.

— Vous avez la somme? demandai-je.

— Comme tu dis, mon vieux, reprit Marcotte, en baissant la voix et avec ce rire mystérieux de ceux qui n'en ont pas l'habitude : livres et appoints, tout est prêt.

Il regarda autour de lui pour s'assurer que tout le monde dormait, puis, fourrant le bras jusqu'à l'épaule dans sa paillasse, il en retira un sac qu'il me montra avec une expression glorieuse.

— Voici la chose, me dit-il ; il y a là un bon lopin de terre et de quoi me construire un chenil.

Il avait déroulé la corde qui serrait la poche de toile et plongé la main au dedans pour toucher les écus ; mais au bruit de l'argent, il tressaillit, jeta un regard de côté, me fit signe de ne rien dire et referma le sac qu'il cacha sous son traversin. Lui-même fut bientôt au lit et endormi.

Je me déshabillai pour en faire autant ; mais, au moment d'éteindre la chandelle, je me retournai vers le lit de Faroumont ; le compagnon serrurier avait les yeux grands-ouverts ! il les referma brusquement sous mon regard. Je n'y pris pas autrement garde et je me couchai.

Je ne puis dire ce qui troubla mon sommeil au milieu de la nuit ; mais je fus réveillé presque en sursaut. Le clair de lune arrivait à travers les fenêtres sans rideaux et jetait une lueur très-nette de notre côté. Je me trouvais en face du lit de *la Chiourme ;* il était vide l Je me redressai sur mon coude pour mieux voir : le doute était impossible ;

5.

Faroumont s'était levé ! Au même moment, j'entendis un craquement du plancher à ma droite ; je tournai la tête ; une ombre s'abaissa brusquement et eut l'air de se perdre sous le lit du père Marcotte ! je me frottai les yeux pour m'assurer que je ne rêvais pas, et je regardai de nouveau. On ne voyait rien ; tout était redevenu silencieux ! Je me recouchai en tenant les yeux à demi entr'ouverts. Un quart d'heure se passa et ma paupière commençait à se refermer tout de bon, quand un nouveau craquement du plancher me la fit ouvrir. Je n'eus que le temps de voir passer Faroumont qui rentra au lit et disparut sous ses couvertures. Il ne me vint aucune idée dans le moment ; je me rendormis.

Des cris mêlés de pleurs et de gémissements interrompirent brusquement mon sommeil. Je me redressai d'un bond ; le jour commençait à poindre et j'aperçus l'Auvergnat qui s'arrachait les cheveux devant son lit bouleversé. Tous les compagnons de la chambrée étaient sur leur séant.

— Qu'y a-t-il donc? qu'y a-t-il? demandaient plusieurs voix

— On lui a volé son argent ! répondirent quelques autres.

— Oui, volé, cette nuit, répétait Marcotte avec un désespoir qui le rendait fou; hier il était là... je l'ai touché, je l'avais sous ma tête en dormant. Le brigand qui me l'a pris est ici !

Un souvenir m'éclaira subitement : je me retournai vers *la Chiourme;* il était le seul qui eût l'air de dormir au milieu de ce tumulte et de ces cris. J'envisageai rapidement ma position. Il n'y avait probablement que moi qui eût connaissance du vol; si je gardais le silence, l'Auvergnat perdait la somme laborieusement épargnée et qui devait réaliser les espérances poursuivies pendant quarante années ! Si je parlais, au contraire, je pouvais forcer *la Chiourme* à une restitution, mais je m'exposais à toutes ses vengeances ! Malgré le danger de choisir, ma délibération ne dura pas longtemps. J'étendis la main vers l'Auvergnat et je le tirai à moi.

— Remettez-vous, père Marcotte, m'écriai-je; votre argent n'est point perdu.

— Qu'est-ce que tu dis? s'écria le vieil ouvrier dont les traits étaient égarés, tu sais où est le sac ! malheureux ! est-ce toi qui l'aurais pris ?

— Allons, vous êtes fou ! lui dis-je tout en colère.

— Où est-il alors ! où est-il ? commença-t-il à crier en me regardant.

Je me retournai du côté de Faroumont.

— Voyons, *la Chiourme,* lui dis-je, c'est assez rire comme ça, faut pas qu'une plaisanterie donne 'la jaunisse au *propriétaire.* Rends-lui vite son argent.

Bien qu'il eût toujours les yeux fermés, sa figure changea de couleur ; ce qui me prouva qu'il avait entendu. Marcotte s'était jeté sur lui comme un chien qui pille et le secouait en réclamant ses écus. Faroumont joua assez bien l'homme qui se réveille et demanda ce qu'on lui voulait ; mais les cris de l'Auvergnat le lui apprirent trop vite pour qu'il eût le temps de préparer un faux-fuyant. J'insistai d'ailleurs avec résolution, en présentant toutefois l'enlèvement du sac comme un mauvais tour joué au père Marcotte dans l'intention de l'inquiéter. *La Chiourme* fut obligé de restituer l'argent, en répétant qu'il avait voul    faire une farce : cependant

il lut sans peine sur toutes les figures qu'on savait
à quoi s'en tenir. Chacun s'habilla à la hâte et sortit sans lui parler. Lui seul affecta de ne point se
presser et acheva sa toilette en sifflotant; mais
lorsque je passai devant son lit, il me jeta un regard de froide rage qui me fit courir un frisson
dans les cheveux. Désormais, j'étais sûr d'avoir un
ennemi à mort.

# VI

Un jour, Mauricet me dit :

— J'ai, devers Berny, une manière de débiteur qui a fait le plongeon l'an dernier, et qui vient de reparaître sur l'eau ; faut que j'aille m'assurer du phénomène et repêcher, si c'est possible, mes cinquante écus. Prends les voitures avec moi samedi soir, tu pousseras jusqu'à Lonjumeau pour voir

Madeleine, et j'irai te rejoindre le lendemain, au *bois Riaut*.

La chose fut convenue. Je n'avais visité ma mère que deux fois depuis son départ, et la dernière, je l'avais trouvée presque complétement aveugle, du reste, mieux portante que jamais, et tout à fait de belle humeur. Mais il y avait de cela près de trois mois, et, depuis, le travail m'avait toujours retenu au chantier.

Lorsque j'arrivai à Lonjumeau, le jour était déjà sur sa fin. Je pris le chemin qui conduisait chez la mère Riviou ; mais on avait coupé des arbres, abattu des clôtures ; je ne reconnaissais plus ma route. Après m'être embrouillé dans deux ou trois sentiers, je cherchai autour de moi quelqu'un qui pût me mettre en bonne direction. Les plus proches maisons étaient loin, et je n'aperçus d'abord que des cultures pour le moment désertes. Une voix qui chantait arriva, tout à coup, jusqu'à mon oreille ; je reconnus le refrain d'une vieille ronde que, dans mon enfance, j'avais souvent entendu répéter à ma mère. Je m'arrêtai tout surpris de contentement. C'était la première fois que je retrouvais cet

air depuis quinze années; il me sembla que j'étais
redevenu enfant et que j'entendais Madeleine ra-
jeunie. Dans le fait, bien que la voix fût ferme et
fraîche, elle rappelait celle de ma mère; c'était la
même manière de jeter les sons aux vents avec
une gentillesse un peu triste, comme je l'ai entendu faire depuis aux bergerettes de Bourgogne
et de Champagne. Je m'approchai de la chanteuse,
qui s'occupait à détacher du linge blanc des cordes
d'un séchoir. Je trouvai une grande fille de mine
avenante, qui me regarda en face quand je lui demandai le chemin du *bois Riaut*, et qui se mit à rire.

— Gage que vous êtes le fils de Madeleine, me
dit-elle.

Je la regardai à mon tour en riant.

— Et moi, je parie que vous êtes la jeune fille
que la mère Riviou attendait, répondis-je.

— On vous appelle Pierre-Henri?

— Et vous Geneviève?

— Eh bien, voilà comme on se rencontre.

— Et comme on se reconnaît sans s'être jamais vu!

Nous éclatâmes encore de rire, et les explications
commencèrent.

J'appris que ma mère avait complétement perdu la vue, mais sans vouloir en convenir. Du reste, Geneviève me déclara qu'elle était plus vaillante que toutes les *jeunesses* de la maison, et toujours chantant comme un pinson.

— C'est elle qui vous a appris le refrain que vous répétiez tout à l'heure? lui demandai-je.

— Ah ! vous m'avez entendu? répliqua-t-elle ; oui, oui, la bonne Madeleine m'apprend toutes ses vieilles chansons; elle dit que ça me servira pour bercer mes enfants ou ceux des autres.

Tout en causant, elle se hâtait de réunir son linge. Je l'aidai à en faire un paquet que je pris sur mon épaule.

— Eh bien! voilà-t-il pas que j'ai un serviteur! dit-elle gaîment.

Et comme je lui disais qu'il était juste au fils de rendre ce qu'elle faisait pour la mère, elle commença à me parler de Madeleine avec tant d'amitié que, quand nous arrivâmes au *bois Riaut*, je m'étais déjà déclaré son obligé au fond du cœur.

La mère, qui était à la porte, reconnut ma voix et ne manqua pas de dire qu'*elle m'avait vu!* Depuis qu'il faisait nuit close pour elle, tout son amour-propre était de ne point paraître aveugle. Geneviève l'aidait sans en avoir l'air. Elle avait entouré la maison, au dedans et au dehors, d'une grosse corde qui formait main-courante et dirigeait l'aveugle ; un nœud servait d'avertissement quand elle approchait d'un porte, d'un meuble ou d'une marche ; un taquet, mû par le vent, indiquait à son oreille la place du puits ; des signes de reconnaissance avaient également été placés dans les allées du jardinet ; grâce à Geneviève enfin, le *bois Riaut* était une vraie carte de géographie que l'on pouvait lire à tâtons : aussi la chère femme était-elle toujours en mouvement, trouvant tout, parce qu'on lui mettait tout sous la main, et se glorifiant, chaque fois, comme d'une preuve de sa clairvoyance. Tout le monde, au reste, dans la maison, respectait son erreur et mettait une innocente malice à l'entretenir ; elle était là comme l'enfant gâté dont tout fait sourire et paraît bien venu.

Mauricet, qui m'avait rejoint selon sa promesse, comprit sur-le-champ la position faite à Madeleine par la bonté de ses hôtes.

— Vous n'avez pas toujours eu votre compte, en fait d'aisance et de bonheur, lui-dit-il; mais il me semble que pour le quart d'heure on vous paie votre arriéré, ma vieille.

— Il est certain que le pays est agréable! répliqua la bonne femme, qui n'aimait pas à avouer trop haut son contentement.

— Oui, reprit Mauricet; mais ce sont les braves gens qui font les bons pays, et vous êtes tombée ici dans une colonie de chrétiens d'une espèce pas trop commune.

— Aussi, je ne me plains pas! fit observer Madeleine.

— Et vous avez raison! continua le maître maçon; les bons cœurs vous ont rendu plus que la chance ne vous avait ôté : voilà pourquoi je vous conseille de remercier la maladie qui vous a valu tant de serviteurs et d'amis. Si vous aviez encore vos yeux...

— De quoi! de quoi! mes yeux! interrompit la vieille mère impatientée; va-t-il pas s'imaginer, par hasard, que je suis aveugle!

— C'est juste! vous êtes guérie, répliqua M
cet en souriant.

— Et la preuve, c'est que je vous vois, contin
Madeleine qui entendait le bruit des fourchettes;
vous êtes à table avec Pierre Henri! Ah! ah! Et
tout à l'heure vous avez demandé le pain, et vous
en avez coupé. Ah! ah! ah! c'est que rien ne m'é-
chappe, et il y en a encore plus d'un qui ont leurs
yeux de quinze ans, et qui ne feraient pas ce que
je fais ici.

La mère Riviou vint appuyer le dire de Madeleine en rapportant tout ce qui était laissé à ses
soins dans la maison. L'excellente femme avait
compris que pour l'infirme qui a du cœur la plus
dure épreuve était le sentiment de son inutilité;
Geneviève renchérit encore sur la fermière. Quand
nous fûmes en route pour revenir, Mauricet me
fit remarquer cette bonne entente de toute la famille pour contenter Madeleine.

— On dit pourtant que le monde est méchant!
ajouta-t-il avec chaleur; que les bons sont devenus
des espèces de merles blancs impossibles à trouver; mais ceux qui le répètent, vois-tu, ne les cher-

chent pas, et le plus souvent ne s'en soucient guère.
Pour ma part, je n'ai jamais passé un jour sans recevoir de quelqu'un une bonne parole ou un bon
service. Par malheur, il y a des gens qui ne tiennent compte que du mal qu'on leur fait, et qui re-
çoivent le bien comme un paiement en retard :
c'est presque toujours parce qu'on est trop content
de soi qu'on est si mécontent de tous les autres.

Quelques mois se passèrent sans amener rien de
nouveau. Je fis plusieurs voyages au *bois Riaut,*
et Geneviève m'apporta plusieurs fois des nouvelles de la vieille mère. L'excellente fille venait à Paris aussi souvent qu'il lui était permis pour voir
son neveu Robert, placé par elle en apprentissage.
Robert avait alors dix-sept ans, et travaillait dans
la bijouterie en faux, mais comme un fils de famille qui compte sur des rentes. Son maître, que
j'allai voir un jour de la part de Geneviève, me déclara qu'il ne sortirait jamais des *bousilleurs* qui
fabriquent la camelotte des boutiques à trois sous.

—Ça veut faire le muscadin, me dit-il; mais ça
n'a ni le cœur ni les bras au travail.

A vrai dire, *monsieur Robert* ressemblait plutôt

à un fils de sénateur qu'à un apprenti bijoutier ;
Geneviève lui donnait jusqu'à son dernier sou, et
quand on l'en blâmait, elle revenait toujours à raconter comment son frère lui avait recommandé
l'enfant à son lit de mort, comment elle avait promis d'être pour lui toute une famille, et alors il
lui roulait de si grosses larmes dans les yeux et
sur les joues, qu'on n'avait plus le cœur de rien
dire. *Monsieur Robert* connaissait son faible, et ne
manquait pas d'en abuser. Il avait une jolie petite
figure rose, les mains blanches et la voix douce
comme une jeune fille. On eût dit un de ces
agneaux qu'on mène avec un ruban; mais, en réalité, aucune force ne valait contre sa volonté, et
un dogue enragé eût été plus facile à conduire. Je
l'ai bien su dans la suite, à mon grand dommage.
Pour le moment, tout se borna entre nous à de
courtes conversations. Il me parut même que le
petit neveu n'était guère enchanté de la connaissance de sa tante, et qu'il avait peur de salir sa
veste à un bourgeron. Au fait, nos amitiés et nos
occupations nous éloignaient l'un de l'autre. *Mon-*
*sieur Robert* était lancé dans la société des griset-

et des commis marchands ; il chantait des ro-
nces, faisait des tours de cartes , et fréquentait
bals de nuit.

Moi , je vivais à l'écart plus que jamais. Ce qui
m'était arrivé avec Faroumont m'avait dégoûté
de la chambrée, et j'avais loué un petit cabinet
sous les toits. Une chaise, une malle, un lit de
sangle y formaient tout mon mobilier ; mais, du
moins, j'étais seul ; l'espace compris entre les
quatre murs n'appartenait qu'à moi ; on ne venait
pas, comme à la chambrée, me manger mon air,
me troubler mon silence, interrompre mon chant
ou mon sommeil. J'étais maître de ce qui m'en-
tourait, ce qui est le seul moyen d'être maître de
soi-même. Cela me parut d'abord si bon que je ne
songeai qu'à en jouir ; j'étais comme le frileux qui,
une fois enfoncé sous ses couvertures, ne peut
plus en sortir. Je me dorlotais dans ma liberté
nouvelle, et je ne quittais guère ma mansarde
après mes heures de travail. Mauricet se plaignit
deux ou trois fois de ne plus me voir.

— Va pas t'habituer à vivre en sournois, me dit-
il ; dans le monde comme à l'armée, vois-tu, il est

bon de sentir un peu le coude de son voisin ; tu es
trop jeune pour te faire colimaçon et rentrer ainsi
dans ta coquille ; viens voir les amis ; c'est sain au
cœur et ça fait prendre l'air.

Je n'avais rien à répondre ; seulement, je conti-
nuais à rester chez moi. J'aurais pu utiliser cette
espèce de retraite en reprenant mon instruction
interrompue ; mais personne ne m'y poussait et je
n'en sentais pas le goût. Je ne puis dire ce qui se
passait alors en moi ; j'étais comme engourdi dans
ma nonchalance ; je restais des heures entières
sans penser précisément à rien, mais allant d'une
chose à l'autre, comme quand on se promène sans
but. J'avais besoin d'une secousse pour sortir de
ce sommeil éveillé ; la malice de Faroumont m'en
préparait une sur laquelle je n'avais point compté.

Nous ne nous étions point revus depuis plusieurs mois lorsque je le rencontrai à la bâtisse que
nous achevions, rue du Cherche-Midi. Il venait
poser les gros fers de la charpente. En me recon-
naissant, il s'interrompit de son travail avec un
méchant rire.

— Eh bien ! failli chien, c'est donc ici que tu camelottes ! me demanda-t-il avec son insolence habituelle.

Je répondis d'un ton bref en montrant une fenêtre percée, après coup, près des combles, et que je venais achever.

— Ah ! c'est pour toi l'échafaudage ! dit-il.

Et son regard se tourna vers la planche qui flottait au haut du pignon. J'allai déposer ma veste et mon panier au rez-de-chaussée ; puis je me dirigeai vers la nouvelle fenêtre. L'échafaudage était solidement suspendu à deux cordes que j'avais moi-même attachées à la charpente ; mais à peine y eus-je posé les pieds que le mauvais visage de *la Chiourme* se montra au-dessus, entre les solives ; au même instant, une corde fut dénouée, la planche bascula et je fus lancé d'une hauteur de quarante pieds sur les décombres.

Je ne puis dire combien de temps je restai évanoui ; la douleur me fit reprendre connaissance au moment où l'on voulut me transporter. Je poussai des cris aigus en suppliant de me laisser. Il me semblait que la terre sur laquelle j'étais étendu faisait partie de moi-même, et qu'on ne pouvait

6

m'en arracher sans déchirements. Quelques camarades allèrent chercher un médecin et un
brancard, tandis que les autres, parmi lesquels
se trouvait Faroumont, continuaient à m'entou-
rer. Je souffrais cruellement; mais il me semblait bien que mes blessures n'étaient pas mor-
telles.

Le médecin qui arriva peu après ne dit rien; il
me donna seulement les premiers soins, me fit
étendre sur le brancard et conduire à l'hôpital.

Je ne me rappelle que confusément ce qui s'y
passa pendant quelques jours. Mon premier souvenir distinct est la visite de Mauricet. Ce fut lui
qui m'apprit que j'étais là depuis une semaine;
qu'on avait désespéré de ma guérison, et que maintenant le chef de service en répondait. Le brave
maçon était à la fois tout réjoui de la nouvelle et
encore un peu en colère contre moi. Quand il avait
voulu connaître la cause de l'accident, on lui avait
parlé d'une corde mal attachée, et il me reprocha
énergiquement ma négligence. Je me justifiai sans
peine en lui racontant ce qui s'était passé. Il fit un

mouvement en arrière et frappa ses mains l'une contre l'autre :

— Voilà le mot de la charade, s'écria-t-il. Nom d'une trique ! j'aurais dû m'en douter ! Dès que *la Chiourme* était là, il y avait à parier que le diable s'en serait mêlé. L'as-tu déjà dit à quelqu'un ?

— A personne.

— Et il n'y a point de témoins ?

— Nous étions seuls au faîte du bâtiment.

— Alors, *motus,* dit-il, après un instant de réflexion ; accuser sans preuves un ennemi ne vous en débarrasse pas, et ça l'envenime ! Si tu ne dis rien, *la Chiourme* regardera peut-être votre compte comme réglé et n'y reviendra plus, tandis qu'en causant, tu l'obligerais à recommencer. Ce qui t'arrive est arrivé à bien d'autres dans notre état ; comme on dit, le *moyen est connu !* Moi-même, qui te parle, j'ai fait un faux pas de deux étages par la malice d'un compagnon qui me devait quarante écus, dont il espérait comme ça avoir quittance. Il n'y avait que nous deux à savoir la chose ; je n'ai soufflé mot ; j'ai laissé le temps faire justîce du brigand, et six mois après, deux de ses pareils l'ont assommé comme un chien pour lui voler trente sous.

Je compris la prudence des conseils de Mauricet, et cependant je ne m'y soumis qu'avec répugnance. J'étais révolté, en moi-même, de l'impunité que s'assurait ainsi le coupable. Depuis j'en ai vu bien d'autres exemples, et j'ai dû reconnaître que, parmi nous autres ouvriers, la force et l'audace étaient trop souvent une sauvegarde pour les méchants. Le temps, l'argent et l'instruction nous manquent pour réclamer régulièrement justice, si bien que quand nous ne pouvons nous la rendre à nous-mêmes, nous nous résignons à nous en passer. On encourage ainsi bien des oppressions, bien des iniquités, et même des crimes ! Si les ouvriers s'entendaient entre eux, s'ils comprenaient bien ce qui fait leur sécurité et leur gloire, ils auraient toujours parmi eux des arbitres d'honneur qui jugeraient ce qui ne peut être jugé par la loi, et qui empêcheraient de frapper quelqu'un en passant son couteau à travers les jointures du Code. Plusieurs corps d'état ont ainsi des jurys de famille qui tiennent en respect les mauvais et qui protégent les bons.

Ma chute me retint pendant plus de deux mois à l'hôpital. Je me désespérais parfois de guérir si lentement; mais j'avais un voisin qui me donnait courage.

C'était un pauvre vieux tout courbé par la souffrance, et qui se nommait, je crois, Pariset; mais on ne l'appelait guère que par le numéro de son lit, qui était *douze*. Ce lit l'avait déjà reçu trois fois pour trois longues maladies, et était ainsi devenu, en quelque sorte, sa propriété : aussi *M. Numéro douze* était connu du médecin en chef, des élèves et des infirmiers. Jamais plus douce créature ne marcha sous le ciel. Quand je dis marcher, ce n'était plus, hélas! pour le brave homme, qu'un vieux souvenir! Depuis bientôt deux ans, il avait perdu presque complétement le mouvement des jambes. Cependant, comme il vivait de copies pour le Palais, il *ne s'était pas trop déconcerté*, ainsi qu'il le disait, et il avait continué à expédier ses rôles sur papier timbré. Un peu plus tard, la paralysie atteignit le bras droit; il s'exerça alors à

6.

écrire de la main gauche ; mais le mal grandis-
sant, il avait fallu le transporter à l'hôpital, où il
avait eu *le bonheur* de retrouver libre son même
lit, ce qui l'avait presque consolé.

— La mauvaise chance n'a qu'un temps, disait-
il à cette occasion ; *tous les jours ont un lendemain.*

Le bonhomme *Numéro douze* avait pris posses-
sion de son lit avec attendrissement. L'hôpital,
dont le séjour paraît si dur à certaines gens, était
pour lui une maison de plaisance. Il y trouvait
tout à souhait. Ses admirations pour les moindres
commodités prouvaient quelles privations il avait
jusqu'alors supportées. Il s'extasiait sur la pro-
preté du linge, sur la blancheur du pain, sur la
succulence des potages ! et je ne m'en étonnai plus
quand j'appris que, depuis vingt ans, il vivait de
pain de munition, de bouillon d'herbes et de fro-
mage blanc ! Aussi ne pouvait-il assez vanter la
munificence de la nation qui avait ouvert de pa-
reilles retraites pour les pauvres malades. Au
reste, sa reconnaissance ne s'arrêtait point là ; elle
embrassait tout. A l'entendre, Dieu avait eu pour

lui des faveurs particulières ; les hommes s'étaient
montrés pleins de bienveillance, et les choses tour-
naient toujours à son avantage : aussi l'interne disait-il que *Numéro douze* avait la « fatuité du bonheur ! » mais cette fatuité-là ne vous donnait que
de l'estime pour le brave homme et des encouragements pour vous-même.

Je crois le voir encore assis sur son séant avec
son petit bonnet de soie noire, ses lunettes et le
vieux volume de vers qu'il ne cessait de relire.
Son lit recevait, dès le matin, les premiers rayons
du jour, et il ne les apercevait jamais sans se ré-
jouir et sans remercier Dieu. A voir sa reconnaissance, on eût dit que le soleil se levait particuliè-
rement pour lui. Il s'informait régulièrement du
progrès de ma guérison, et trouvait toujours
quelque chose à dire pour me donner patience.
Lui-même était un exemple vivant qui en disait
plus que ses paroles. Quand je voyais ce pauvre
corps sans mouvement, ces membres tournés,
et , au-dessus, cette figure souriante , je n'a-
vais le courage ni de m'emporter ni de me plaindre.

— C'est un mauvais moment à passer, disait-il à chaque crise; bientôt le soulagement viendra; *tous les jours ont un lendemain.*

C'était le mot du père *Numéro douze*, et il le ramenait sans cesse. Mauricet, qui, en venant me voir, avait fini par le connaître, ne passait jamais devant son lit sans le saluer.

— C'est un saint ! me disait-il ; mais il ne gagne pas seulement le paradis pour lui, il le fait gagner aux autres. Des hommes pareils devraient être au haut d'une colonne pour être vus de tout le monde. Quand on les regarde, ça fait honte d'être heureux, et ça donne envie de le mériter. Qu'est-ce que je pourrais faire à ce brave père *Numéro douze* pour lui prouver que je l'estime ?.

— Tâchez, lui dis-je, de trouver sur les quais le second volume des poésies de Jean-Baptiste Rousseau; voilà six ans qu'il l'a perdu et qu'il relit le premier.

— Quoi ! il tient aux livres ! répliqua Mauricet un peu fâché; parbleu ! on dit bien qu'il faut que chacun ait sa faiblesse. N'importe, écris-moi sur

du papier le bouquin que tu dis, et je le lui cher-
cherai.

Il revint effectivement huit jours après avec un
volume relié, qu'il présenta triomphalement au
vieux malade. En l'ouvrant, celui-ci parut d'a-
bord étonné ; mais Mauricet lui ayant dit que c'é-
tait sur ma recommandation qu'il avait voulu lui
procurer ce second tome de Jean-Baptiste Rousseau, le père *Numéro douze* le remercia avec effu-
sion. Cependant je conservais quelques doutes, et
quand le maître maçon fut parti, je voulus voir le
volume ; mon vieux voisin rougit, balbutia, essaya
de détourner la conversation ; mais enfin, forcé
dans ses derniers retranchements, il me tendit le
livre : c'était un vieil almanach royal ! Le bouqui-
niste, abusant de l'ignorance de Mauricet, l'avait
substitué au volume demandé. J'éclatai de rire,
mais *Numéro douze* m'imposa silence avec une
certaine vivacité.

— Voulez-vous que M. Mauricet vous entende ?
s'écria-t-il. J'aimerais mieux perdre mon dernier
bras que de lui ôter le plaisir de son cadeau. Je ne
tenais pas hier à l'almanach royal ; mais plus tard,

je l'aurais peut-être désiré ; *tous les jours ont un lendemain.* C'est d'ailleurs une lecture très-instructive ; j'ai vu les noms et prénoms d'une foule de princes dont je n'avais entendu jamais parler.

L'almanach fut précieusement conservé à côté du volume de poésies, et le vieux malade ne manquait jamais de le feuilleter quand il apercevait Mauricet. Celui-ci en était tout fier et tout réjoui.

— Il paraît, me disait-il chaque fois, que je lui ai fait un fameux cadeau.

Vers la fin de mon séjour à l'hôpital, les forces du père *Numéro-douze* diminuèrent rapidement. Il perdit d'abord tout mouvement, puis la langue elle-même s'embarrassa. Il n'y avait plus que les yeux qui nous riaient encore. Un matin pourtant, il me parut que le regard était plus éteint. Je commençais alors à me lever, et je m'approchai pour lui demander s'il voulait boire ; il fit un mouvement des paupières qui me remerciait, et dans ce moment, un premier rayon de soleil brilla sur son lit. Alors son œil se ranima comme une lumière qui pétille avant de s'éteindre ; il eut l'air de saluer ce dernier présent du bon Dieu ; puis je vis sa tête retomber de côté ; son brave cœur avait cessé de battre, et il n'y avait plus de *jours* pour lui ; il venait de commencer l'*éternel lendemain!*

# VII.

Jours de nonchalance. — **La visite chez l'entrepreneur ; le vieux portrait à baguettes noires ; je reçois une leçon. — Nouvelles études.**

En sortant de l'hôpital, je repris mon travail, mais tout doucement ; je n'avais plus autant de forces ni surtout autant d'ardeur. Ce long repos paraissait avoir mêlé de l'eau à mon sang. J'étais, de plus, si bien guéri de mon ambition par l'exemple du vieux copiste, que j'attendais tranquillement le pain de chaque jour sans m'occuper

de savoir s'il serait noir ou blanc. Mauricet finit
par s'impatienter de mon apathie.

— Faut pas non plus exagérer les choses, dit-il :
une fois la soupe trempée, les bons enfants la
mangent comme elle est ; mais tant qu'elle est à
faire, ils tâchent de l'engraisser ! Après tout, nous
ne sommes plus en nourrice ; c'est pas à la Providence de nous cuisiner notre avenir ; chacun doit
y mettre la main. La sagesse, pour un gaillard qui
a ses quatre membres, n'est pas de vivre comme
un paralytique, mais de s'en servir le mieux qu'il
peut.

Je ne lui contestais rien ; seulement mes mains
avaient beau continuer à maçonner et à crépir, le
cœur n'y était plus ! Je n'aurais pu moi-même
dire pourquoi. Rien ne me déplaisait dans l'état,
ni ne me plaisait davantage ailleurs : c'était simplement le courage qui dormait. Il fallait une occasion pour le réveiller.

J'allai un jour avec Mauricet chez un des plus
forts entrepreneurs de Paris pour un renseigne-
ment demandé au maître maçon, et que, sous sa
dictée, j'avais couché par écrit. L'entrepreneur

7

n'était pas dans son cabinet, si bien qu'on nous fit traverser plusieurs pièces pour aller le rejoindre au jardin. C'étaient partout des tapis de mille couleurs, des meubles à pieds dorés, des tentures de soie et des rideaux de velours. Jamais je n'avais vu rien de pareil; aussi j'ouvrais de grands yeux et je marchais sur la pointe des pieds de peur d'écraser les fleurs des tapis. Mauricet me regarda de côté.

— Eh bien, comment trouves-tu *la case?* demanda-t-il d'un air malin ; ça te paraît-il suffisamment soigné et cossu ?

Je répondis que la maison avait l'air de celle d'un prince.

— Prince de la truelle et de l'équerre, répliqua mon compagnon. Sais-tu que c'est honorable pour la partie ! Encore a-t-il trois autres hôtels dans Paris, sans parler d'un château en province.

Je ne répondis pas dans le moment; toute cette opulence venait de remuer quelque chose de mauvais au dedans de moi. En voyant tant de velours et de soie, je me regardai, je ne sais pourquoi, et j'eus honte d'être si mal vêtu. Mais, dans

ma honte, il y avait du mécontentement; je me
sentais disposé à haïr le maître de toutes ces ri-
chesses pour m'avoir fait remarquer ma pauvreté.
Mauricet, qui ne se doutait de rien, continuait à
me détailler les beautés du logis; j'écoutais avec
impatience; le cœur me battait, le sang me montait au visage, mes yeux ne pouvaient finir de
regarder, et plus je voyais, plus j'étais envenimé.
Mon ambition, qui dormait depuis quelque temps,
venait de se réveiller, mais par l'envie !

Nous nous étions arrêtés dans un dernier salon,
tandis que le domestique cherchait son maître.
Mauricet me montra, tout à coup, un méchant
petit portrait à baguettes noires accroché au milieu
de grands tableaux richement encadrés. Il représen-
tait un ouvrier en veste, tenant d'une main sa pipe,
et de l'autre un compas. C'était de cette peinture
à six francs dont on voit des échantillons aux portes, avec les modèles de corsets et les faux râteliers.

— Voilà le bourgeois, me dit le maçon.

— Il a donc été ouvrier ? demandai-je.

— Comme toi et moi, répliqua Mauricet, et tu
vois que ça ne lui fait pas affront.

Je regardai le cadre de bois noir, puis l'opulent mobilier, comme si mon esprit cherchait la transition de l'un à l'autre.

— Ah ! ça te chiffonne le raisonnement, reprit le maçon en riant ; tu cherches l'échelle qui a pu le faire descendre ici du haut de son échafaudage. Mais tout le monde ne sait pas s'en servir, vois-tu ; en voulant la prendre, plus d'un a manqué les barreaux : faut du poignet et de l'adresse.

Je fis observer qu'il fallait surtout de la chance, que tout était heur ou malheur dans le monde, et que nous n'étions pour rien dans le succès.

— Par exemple, père Mauricet, ajoutai-je aigrement, pourquoi n'avez-vous pas un hôtel aussi bien que celui qui demeure ici ? Êtes-vous moins méritant ou moins brave ? S'il a mieux réussi que vous, n'est-ce pas tout bêtement une histoire de hasard ?

Mauricet me regarda en clignant l'œil.

— Tu dis ça pour moi, mais c'est pour toi que tu le penses, *fistot*, répliqua-t-il avec malice.

— Tout de même, repris-je, un peu vexé d'être ainsi percé à jour ; je ne passe pas pour mauvais ouvrier, et je ne suis pas plus Champenois qu'un autre ; s'il suffisait de faire son devoir pour devenir millionnaire, je pourrais aussi aller en carrosse.

— Et c'est une manière de marcher qui te conviendrait ? ajouta mon compagnon ironiquement.

— Pourquoi pas ? Tout le monde aime mieux ménager ses jambes que celles des chevaux ; mais n'ayez pas peur que ça m'arrive ; c'est ici-bas, voyez-vous, comme autrefois dans les familles nobles : tout pour l'aîné, rien pour les cadets ; et nous sommes des cadets, nous autres.

— C'est pourtant vrai ! murmura le maître compagnon, qui devint tout pensif.

— Et il n'y a rien à dire, repris-je ; puisque c'est convenu ainsi, c'est juste ! Faut pas déranger le monde ! Seulement, voyez-vous, ça me fait bouillir le sang quand je regarde la part de chacun. D'où vient que celui-ci loge dans un palais pendant que d'autres perchent dans un pigeonnier ? Pourquoi est-ce à lui plutôt qu'à nous ces tapis, cette soie, ce velours ?...

— Parce que je les ai gagnés, interrompit quelqu'un brusquement.

Je fis un soubresaut ; l'entrepreneur était derrière nous en pantoufles brodées et en robe de
chambre de basin ! C'était un petit homme grisonnant, mais taillé en force et avec une voix de
commandement.

— Ah ! il paraît que tu es un raisonneur, toi,
reprit-il, en me regardant entre les deux yeux; tu
me jalouses, tu demandes de quel droit ma maison est à moi plutôt qu'à vous ; eh bien tu vas
le savoir ; viens.

Il avait fait un mouvement vers une porte intérieure ; j'hésitai à le suivre, il se retourna vers
moi :

— As-tu peur ? me demanda-t-il d'un ton qui
me fit monter le rouge jusqu'aux yeux.

— Que le bourgeois me montre le chemin, répliquai-je presque effrontément.

Il nous conduisit dans un cabinet au milieu duquel se dressait une longue table couverte de godets, de pinceaux, de règles et de compas. Au mur
étaient suspendus des plans lavés, représentant
toutes les coupes d'un bâtiment. Çà et là, sur des
étagères, on voyait de petits modèles d'escaliers

ou de charpentes, des boussoles et des grapho-
mètres avec d'autres instruments dont j'ignorais
l'usage. Un immense cartonnier à compartiments
étiquetés occupait le fond, et, sur un bureau,
étaient entassés des mémoires et des devis. L'ei.
trepreneur s'arrêta devant la grande table, et m-
montrant un lavis :

— Voici un plan à modifier, dit-il ; on veut ré-
trécir le bâtiment de trois mètres ; mais sans di-
minuer le nombre de chambres, et il faut trouver
place à l'escalier. Mets-toi là et fais-moi un croquis
de la chose.

Je le regardai tout surpris, et lui fis observer
que je ne savais pas dessiner.

— Alors examine-moi ce mémoire de toiseur,
reprit-il, en prenant une liasse de papiers sur son
bureau ; il y a trois cent douze articles à discuter.

Je répondis que je n'étais point assez au courant
d'un pareil travail pour discuter le prix ou vérifier
les mesures.

— Tu pourras au moins me dire, continua l'entrepreneur, quelles sont les formalités à remplir
pour les trois maisons que je vais bâtir ; tu con-

nais les règlements de voierie, les obligations et
les droits envers les voisins ?

Je l'interrompis brusquement en disant que
je n'étais pas avocat.

— Et comme tu n'es pas non plus banquier, reprit
le bourgeois, tu ignores sans doute à quels termes
il faut échelonner ses payements ; quel est le temps
moyen nécessaire à la vente, quel intérêt on doit
tirer de son capital pour ne pas arriver à la banqueroute ? Comme tu n'es pas négociant, tu serais
bien embarrassé de me nommer les provenances
des meilleurs matériaux, de m'indiquer la bonne
époque pour l'achat, les moyens les plus écono-
miques de transport ? Comme tu n'es pas méca-
nicien, il est inutile que je te demande si la grue,
dont tu vois là le modèle, donnera une économie
de forces ? Comme tu n'es pas mathématicien, tu
essayerais vainement de juger ce nouveau sys-
tème de pont que je vais appliquer sur la basse
Seine ? Enfin, comme tu ne sais rien que ce que
savent cent mille autres compagnons, tu n'es bon,
comme eux, qu'à manier la truelle et le marteau !

J'étais complétement déconcerté, et je tournais mon chapeau sans répondre.

— Comprends-tu maintenant pourquoi je demeure dans un hôtel, tandis que tu demeures dans une mansarde! reprit l'entrepreneur, en élevant la voix; c'est que je me suis donné de la peine; c'est que j'ai appris tout ce que tu as négligé de savoir; c'est que, à force d'études et de bonne volonté, je suis passé général, tandis que tu restais parmi les conscrits! De quel droit demandes-tu donc les mêmes avantages que tes supérieurs? La société ne doit-elle pas récompenser chacun selon les services qu'il rend? Si tu veux qu'elle te traite comme moi, fais ce que j'ai fait; retranche sur ton pain pour acheter des livres, passe le jour à travailler et la nuit à apprendre; guette partout l'instruction comme le marchand guette un profit, et quand tu auras montré que rien ne te décourage, quand tu connaîtras les choses et les hommes, alors si tu restes dans ton grenier, viens te plaindre et l'on verra à t'écouter.

L'entrepreneur s'était animé en parlant et avait fini par être un peu en colère; cependant je ne ré-

7.

pliquai rien, ses raisons m'avaient ôté la parole.
Mauricet, qui vit mon embarras, essaya quelques
mots pour me justifier, puis en vint au sujet de
notre visite. Le bourgeois examina la note que
j'avais dressé, demanda quelques éclaircissements,
puis nous congédia. Mais, au moment où j'allais
passer la porte, il me rappela.

— Souviens-toi de ce que je t'ai dit, *cotterie*,
reprit-il avec une bonhomie familière, et, au lieu
d'avoir de l'envie, tâche d'avoir un peu d'honnête
ambition. Ne perds pas ton temps à maugréer
contre ceux qui sont en haut, travaille plutôt à te
filer une corde pour les rejoindre; si je peux jamais
t'y aider, tu n'auras qu'à dire, je te prêterai les
premiers brins de chanvre !

Je le remerciai très-brièvement, et je me hâtai
de sortir. Lorsque nous fûmes dans la rue, Mauricet éclata de rire.

— Eh bien, en voilà une humiliation pour un
savant comme toi ! s'écria-t-il ; était-il donc fier de
t'avoir mis à *quia !*

Et comme il vit que je faisais un mouvement
d'impatience.

— Allons, vas-tu t'*ostiner* pour une pareille
farce? ajouta-t-il amicalement; le bourgeois a
plaidé sa cause, c'est trop juste ; mais il aura beau
dire, quoiqu'on n'ait pas équipage, on connaît les
couleurs! un millionnaire, vois-tu, ça ne se *con-
struit* ni avec les compas ni avec le tire-lignes.

— Et avec quoi donc? demandai-je.

— Avec les écus !

Je fus cette fois de l'avis du maître compagnon ;
mais malgré mon dépit, la leçon de l'entrepreneur
avait porté coup; quand je me retrouvai de sang-
froid j'arrivai à penser que la raison pourrait bien
être de son côté ! Ceci avait donné comme une secousse à mon esprit; je repris mon activité d'autrefois ; convaincu de la nécessité d'apprendre, je revins au goût d'étudier. Le difficile était de s'en
procurer les moyens ! Bien qu'il m'en coûtât de
retourner vers l'entrepreneur à qui j'avais dû laisser un mauvais souvenir, je me décidai à lui rappeler sa proposition de me venir en aide. Il me
reçut bien, s'informa de ce que je savais, et m'a-
dressa à un toiseur qu'il employait. Celui-ci m'ad-
mit gratuitement à une classe du soir, où venaient

quelques jeunes gens, auxquels il enseignait la géométrie et le dessin linéaire.

Je ne me fis d'abord remarquer que par ma bêtise et ma maladresse ; il fallait toujours m'expliquer deux fois ce que les autres comprenaient au premier coup ; ma main, habituée à manier la pierre, perçait le papier ou écrasait les crayons ; je ne suivais le dernier élève que de très-loin ! Cependant, peu à peu, et à force de persévérance, la distance s'amoindrit, et j'arrivai tout doucement à prendre le niveau,

# VIII

La mère Madeleine s'affaiblit ; avertissement de Mauricet.
— Un adieu. — J'épouse Géneviève.

Ma vie se passait tranquillement entre le travail
du chantier et celui de la classe. De temps en temps
j'allais voir la mère à Lonjumeau, et Geneviève
m'apportait de ses nouvelles. Depuis quelques
mois les forces de l'aveugle baissaient sensible-
ment ; elle ne quittait presque plus son fauteuil,
et ses idées n'étaient plus aussi nettes. Mauricet
en fut frappé comme moi.

— La quenouille s'embrouille, me dit-il avec sa brusquerie ordinaire : gare la fin de l'écheveau !

Je repoussai cette sinistre prédiction avec une sorte de colère.

— De quoi ! de quoi ! reprit le maître compagnon, est-ce que tu penses que la chose me sourit plus qu'à toi ? Mais l'avenir est comme les hommes, faut toujours le regarder en face. Voilà-t-il pas une belle avance de fermer les yeux pour ne pas voir le mal qui vient ? On a beau s'aimer, mon pauvre *fieu*, un jour ou l'autre faut qu'on se quitte ; iant mieux pour ceux qui partent les premiers.

— Et pourquoi penser d'avance à ces cruelles séparations ? demandai-je ?

— Pourquoi ? répéta Mauricet, pour ne pas être pris sans vert, mon petit ; pour se raffermir le cœur et se conduire en homme quand vient le moment ! Dans la vie, vois-tu, il ne s'agit pas de jouer à cache-cache avec la vérité ; les braves gens ne mentent ni aux autres, ni à eux-mêmes. — D'ailleurs, ajouta-t-il avec émotion, de penser à la mort, c'est toujours *sain !* Qu'on parte ou qu'on voie partir, on veut laisser un bon souvenir à ce-

lui qui s'en va ou à celui qui reste, et on devient
meilleur. Maintenant, que tu es averti, je gage que
tu t'occuperas plus de Madeleine, et que tu voudras lui faire une belle soirée après un si mauvais
jour.

Mauricet avait raison : son avertissement eut
pour résultat de me faire retourner plus souvent
à la ferme et de me rappeler plus constamment
mon devoir. A chaque voyage j'apportais pour la
mère ce que je savais de son goût, et elle me remerciait en m'embrassant comme elle ne m'avait
jamais embrassé. Peut-être bien sentait-elle aussi
la vie s'en aller, et se reprenait-elle de cœur à
ceux qu'elle était près de quitter.

— Tu veux me faire remercier le bon Dieu d'être
vieille ! me disait-elle à chaque soin que je prenais
d'elle.

Puis elle se mettait à me parler de sa jeunesse,
des premières années de son mariage, de mon enfance. Elle se rappelait tout ce que j'avais fait et
tout ce que j'avais dit depuis le jour de ma naissance : c'était pour elle l'histoire du monde. Geneviève écoutait aussi attentivement que si on lui

eût raconté la vie de Napoléon! Toujours alerte,
toujours chantant, elle apportait avec elle la gaieté.
La vieille aveugle la grondait toujours, mais de ce
ton qui veut dire que c'est seulement pour s'occuper de vous, et quand nous étions seuls, elle répétait : — C'est la fille cadette du bon Dieu ! Geneviève, qui l'entendait quelquefois, n'en faisait point
semblant, afin de laisser à la bonne femme le plaisir de gronder. — Cependant, à mon dernier voyage,
elle m'avait paru inquiète.

— La mère Madeleine ne va pas bien, me dit-elle
au moment du départ.

— Hélas ! mon Dieu ! je l'ai bien vu, répondis-
je ! mais elle prétend ne pas souffrir et refuse de
voir un médecin.

— Elle a peut-être raison, dit la jeune fille ; ça
ne ferait que l'attrister.

Nous échangeâmes un soupir et je partis le cœur
serré.

Le surlendemain, j'étais au nouveau bâtiment,
sur le plus haut échafaudage, quand je m'entendis
appeler. Je regardai en bas, et tout mon sang s'arrêta : c'était Geneviève.

— Comment va la mère? lui criai-je.

— Mal, répondit-elle d'une voix altérée.

En un instant je fus descendu.

— Elle veut vous voir, reprit Geneviève précipitamment; venez tout de suite; le médecin a dit
que c'était pressé.

Nous partîmes sur-le-champ. Jamais route ne
m'avait paru si longue. Il me semblait que les
chevaux marchaient moins vite, que le cocher s'arrêtait plus souvent. J'aurais voulu connaître au
juste l'état de la vieille mère, et je n'osais interroger Geneviève. Nous arrivâmes enfin à Lonjumeau.
Je pris la route de la ferme presque en courant...
La mère Riviou n'était pas aux champs selon l'habitude; je l'aperçus à la porte qui avait l'air d'attendre, ce qui me parut un mauvais signe. Elle
s'écria en me voyant; je la regardai d'un air qu'elle
comprit; car elle s'empressa de me dire:

— Entrez, elle demande après vous!

Je trouvai la mère au plus mal; cependant elle
me reconnut et me tendit ses deux mains. Je ne
puis dire ce qui se passa alors en moi; mais quand
je la vis ainsi, les traits couleur de plomb, l'œil

luisant et les lèvres agitées par le frisson de mort, le souvenir de tout ce qu'elle avait fait pour moi me traversa subitement l'esprit. L'idée que j'allais la perdre sans avoir reconnu tant de bonté, me frappa comme un couteau ; je poussai un grand cri, et je me jetai dans ses bras.

— Allons, Pierre, n'aie pas de chagrin, me dit-elle très-bas ; je meurs contente puisque je t'ai vu.

Je sentis qu'il fallait me rendre maître de ma peine, et je m'assis près du lit en cherchant à donner des espérances ; mais elle ne voulut pas m'écouter.

— Ne perdons pas le temps à nous tromper, me dit-elle d'une voix toujours plus faible ; je veux te dire mes dernières volontés ; appelle Geneviève.

La jeune fille s'approcha : la malade lui donna les clefs de son armoire en demandant plusieurs choses qu'elle désigna : c'était une montre qui avait appartenu à mon père, des boucles d'oreilles de son mariage, un petit gobelet en argent et quelques bijoux. Elle fit ranger le tout sur son lit ; appela l'un après l'autre, les gens de la maison, et donna quelque chose à chacun. La mère Riviou eut le gobelet d'argent, elle me remit la montre et voulut que Geneviève mît les boucles d'oreilles. Elle choisit ensuite le drap dans lequel on devait l'ensevelir, dit comment elle voulait être enterrée, et demanda qu'il y eût sur sa tombe une pierre taillée par moi-même !

Nous écoutions en retenant nos pleurs à grand' peine, et promettant tout ce qu'elle demandait. Ce fut alors que le prêtre arriva. J'avais le cœur trop plein; je sortis pour aller pleurer derrière la maison.

Je crois que j'y restai longtemps, car lorsque j'entrai il faisait nuit. Le prêtre n'y était plus. J'entendis Geneviève qui répondait à ma mère. Au premier mot, je compris qu'il était question de moi. La mourante, qui s'inquiétait de me laisser seul au monde, avait communiqué à la jeune fille un souhait auquel celle-ci avait l'air de résister doucement.

— Pierre Henri a trop de sagesse et de bon cœur pour ne pas savoir ce qu'il doit faire, disait-elle d'une voix un peu troublée.

— Mais alors, pourquoi ne veux-tu pas l'épouser? demanda la malade.

— Je n'ai pas dit cela, mère Madeleine, répondit Geneviève.

— Laisse-moi donc lui parler.

— Non, reprit-elle vivement; aujourd'hui il n'a rien à vous refuser, et plus tard il pourrait se repentir. Il ne faut pas qu'il se décide pour vous... ni pour moi, bonne mère; il doit choisir selon son goût et sa volonté... Quoi qu'il fasse, vous savez bien que je serai toujours prête à le servir.

— Jésus! murmura ma mère plaintivement; j'attendais encore pourtant cette joie sur la terre.

— Et vous l'aurez s'il ne dépend que de moi, m'écriai-je en m'approchant du lit; personne ne peut craindre que je me repente, car votre choix est mon choix.

Voilà comme j'ai épousé Geneviève, et je puis dire que ça été le dernier bienfait de celle qui m'avait mis au monde.

Elle mourut le lendemain, quand midi sonnait, en tenant ma main et celle de Geneviève. Que Dieu

la récompense de ce qu'elle a souffert et la dédom-
mage de ce que je n'ai pu lui rendre ! Une mère
est trop forte créancière pour que ses enfants
la paient jamais ici-bas.

L'ouvrier dans son ménage. — Une brave femme. — La faiblesse d'un bon cœur. — Les billets de Robert. — M. Dumanoir. — Ruine.

Mon mariage avec Geneviève fut le terme de mes études. Jusqu'alors j'avais travaillé à devenir capable; une fois chef de famille, je m'occupai à tirer parti de ma capacité.

Pour celui qui a vécu dans l'ordre et le travail, cette entrée en ménage est une grande joie et un grand encouragement. L'idée qu'on ne se fatigue

plus pour soi tout seul vous met au cœur plus de
courage ; on commence à penser au lendemain
quand on doit y arriver de compagnie ; en sentant
que désormais on est deux, on noue plus ferme
les cordes de son échafaudage, et on ajoute, un
étançon pour plus de sûreté. Depuis mon premier
jour de noces, j'ai bien eu des soucis ou des hu-
meurs noires ; plus d'une fois, sous la charge lourde
de la famille, j'ai senti que les bretelles me tiraient
à l'épaule ; mais quand je suis revenu de bon sens,
j'ai toujours trouvé que le mariage était une sain-
te et brave chose, le meilleur secours contre les
mauvais coups du sort, et, pour tout dire, la
véritable force des hommes de bonne volonté.

Aussi faut-il savoir y mettre du choix. Avant
d'appeler ainsi dans votre vie un autre vous-même,
qui devient comme votre ombre vivante, il est bon
de lui regarder à la tête et au cœur, de s'assurer
qu'on aura près de soi, dans la maison, une seconde conscience et non pas un tentateur. Si, pour
un associé d'affaires, on hésite de peur qu'il ne vous
prenne votre crédit et votre argent, qu'est-ce donc
pour un associé d'existence, qui peut vous pren-

dre votre repos et votre honneur? A dire le vrai, les femmes qui tournent ainsi contre vous sont le petit nombre : presque toutes apportent au ménage pour le moins autant de droiture, de bonne conduite et de dévoûment que le mari. Elles peuvent avoir plus de menus défauts, mais elles ont bien moins de vices; il est rare de les trouver endurcies dans le mal; encore, si cela arrive, ne le sont-elles, le plus souvent, que par notre faute.

Ceux qui vivent au-dessus de nous, dans une aisance qui leur est venue d'héritage ou que le travail leur gagne sans trop de peine, ne savent pas tout ce que vaut une brave femme d'ouvrier. Ce n'est pas seulement la ménagère de notre pain, c'est la ménagère de notre courage et de notre probité. Que de tentations entreraient au logis, si elle n'était point là pour leur fermer la porte! que de laides idées qui n'osent pas naître parce que son regard va jusqu'au fond de nous! L'embarras d'avouer une mauvaise intention nous force souvent de rester honnêtes; car ce n'est pas chose si facile qu'on croirait de s'avouer, l'un à l'autre sa méchanceté et de marcher à deux dans le mal.

Quoi qu'on fasse, la hardiesse n'est point égale ; il y en a toujours un qui s'inquiète, qui tire en arrière, et c'est la femme le plus souvent. D'habitude, où on l'écoute, tout va en droite ligne et sûrement.

Pour ma part, j'avais eu la main heureuse. Je trouvais dans Geneviève ce que j'avais espéré, et au delà. Telle je l'avais vue le premier jour, telle je la vis après le mariage, telle elle est toujours restée. Je lui confiais tous mes projets, je lui racontais toutes mes affaires, et elle me donnait ses conseils sans trop en avoir l'air. A mon idée, la plus grande joie du ménage est dans cette confiance qui fait que le cœur est, comme la bourse, toujours en commun. Que vous ayez de la tristesse, de la colère ou de l'espoir, vous trouvez du moins quelqu'un pour en prendre sa part ; vous ne laissez pas grandir en vous-mêmes tous ces petits ruisseaux qui, à la longue, forment un étang et emportent la chaussée. Ce qui vous arrive chaque jour par le courant de la vie s'en va par les confidences, comme par un trop plein, et, de cette manière l'âme garde à peu près son niveau.

8

Depuis mon mariage, j'avais imité Mauricet :
je m'étais lancé dans de petites entreprises qui
avaient réussi ; mais, à l'exemple de tous ceux qui
débutent, j'avais dû soumissionner au rabais et
exécuter avec de faibles ressources : aussi le bon
résultat était-il moins dans les bénéfices que dans
la réussite. J'avais gagné peu de chose, mais je
commençais à me faire connaître. Bientôt je me
trouvai engagé dans un assez grand nombre d'affaires. Mon exactitude et mon activité avaient ins-
piré de la confiance ; à défaut de capital, j'obtenais
des crédits. Il fallait avoir l'esprit et la main à tout,
conduire les choses vivement, sûrement, et arriver
à heure fixe, sous peine de verser. La tâche était
rude, mais en définitive tout marchait ; les rentrées et les paiements étaient échelonnés de manière à se compenser, et j'espérais que mes efforts
finiraient par me desserrer un peu les coudes. Une
fois maître d'un capital suffisant, les choses devaient aller d'elles-mêmes ; seulement il fallait,
pour le quart d'heure, monter au toit sans échelle,
en attendant qu'on l'eût fabriquée barreau par
barreau.

Robert venait nous voir assez souvent, et je m'é-
tais aperçu plus d'une fois que les petites épargnes
destinées à quelques rares parties de plaisir ou à
la toilette de Geneviève, passaient invariablement
du tiroir de la tante dans la poche du neveu. Je
ne m'en plaignais pas, parce qu'il m'était, après
tout, plus facile de sacrifier ce peu d'argent que d'affliger l'excellente créature; elle rachetait ces petites
prodigalités par tant de travail, de frugalité et d'é-
conomie, que j'avais l'air de ne rien voir. En cela
je cherchais plutôt mon repos que son avantage,
et, si j'avais eu plus de sens, j'aurais compris que
mon devoir était de l'éclairer. Parce que l'infirmité
de ceux qui vivent à vos côtés est encore peu de
chose et ne vous cause nulle gêne, il ne faut pas
fermer les yeux; mais, bien au contraire, y prendre garde, la soigner et la guérir.

J'étais parti pour la Bourgogne, où j'allais étudier un travail qu'on voulait adjuger prochainement; mon absence devait durer une douzaine de
jours. Geneviève était seule avec notre garçon,
Marcel, qui n'avait que trois ans. Je n'ai donc

su que par elle tout ce qui se passa alors et que je vais raconter.

Le surlendemain de mon départ, Robert vint la voir. Il lui parut inquiet et abattu. A toutes les questions, il ne répondait que par des mots interrompus ou par des soupirs. Elle le retint à dîner ; mais il ne mangeait rien et devenait toujours plus triste. Tourmentée, elle le pressa davantage; alors il se mit à dire que la vie lui déplaisait, et qu'un jour ou l'autre il la jetterait là comme une paire de souliers usés. Geneviève, saisie, voulut en vain combattre son découragement ; plus elle parlait, plus Robert s'exaltait dans sa résolution, jusqu'à ce qu'il eût fait entendre qu'il ne lui restait plus d'autre parti. Sa tante le pressa de s'expliquer ; mais il s'obstinait dans ce silence têtu des coupables qui ne veulent point avouer. Tout à fait épouvantée, elle alla reporter dans son berceau le petit Marcel, qui s'était endormi sur ses bras, et revint vers Robert, décidée à lui arracher son secret.

Elle le trouva les deux coudes sur ses genoux et la tête dans ses mains comme un désespéré. Ge-

neviève lui dit tout ce que son amitié pouvait in-
venter ! elle lui parla de son père, de la promesse
qu'elle avait faite de le remplacer ; elle nomma,
l'une après l'autre, toutes les fautes qu'elle pouvait supposer, en lui demandant de répondre seulement par un mot, par un signe ; mais Robert
secouait toujours la tête. Enfin, à bout de patience,
elle venait de s'interrompre, lorsqu'il se redressa
brusquement, et s'écria que s'il n'avait pas cent
louis pour le lendemain il était perdu. Geneviève
fit un bond en arrière, comme si on lui eût demandé la couronne de France.

— Cent louis ! répéta-t-elle ; et qui veux-tu qui
te les donne ? Pourquoi en as-tu besoin ? Qu'en
veux-tu faire ?

— Je les dois, répondit Robert.

Et comme sa tante le regardait d'un air de doute,
il se mit à lui dérouler la liste de ses désordres
depuis trois années. Il avait sur lui des lettres de
créanciers, des factures non acquittées, et jusqu'à
des assignations sur papier timbré ; mais à mesure
qu'il expliquait le tout à Geneviève, celle-ci s'indi-
gnait et sentait la pitié s'en aller.

8.

— Eh bien, puisque vous avez pu dépenser une pareille somme, vous verrez à la gagner, dit-elle résolument. Je la tiendrais là, dans mon tablier, à moi et ne servant à rien, que vous n'en auriez pas le premier écu. Ah ! on a raison de dire que Dieu nous aime mieux que nous ne l'aimons nous-mêmes ! Quand il a repris mon pauvre frère, je l'ai accusé dans mon cœur, et maintenant je vois qu'il aurait fallu le remercier ; car il lui a épargné du chagrin et de la honte.

— Oui, interrompit Robert avec une sorte d'audace désespérée, plus de honte que vous ne le croyez ; car je n'ai pas tout dit.

— Et que vous reste-t-il donc encore à dire, malheureux ? s'écria Geneviève.

Son neveu s'était levé, pâle et comme hors de lui.

— Eh bien, dit-il en montrant les papiers des créanciers, il fallait payer tout cela sous peine d'aller en prison... et je l'ai payé.

— Vous ? comment ?

— Avec un billet.

Elle le regarda sans comprendre.

— Quel billet? demanda-t-elle.

— Un billet signé du nom de votre mari.

— Que dis-tu, malheureux? un faux?

Il baissa la tête; Geneviève joignit les mains en poussant un cri! Tous deux restèrent un instant sans parler. Enfin la tante se releva, prit Robert par les coudes et le secoua.

— Tu m'as menti! s'écria-t-elle; tu ne dois pas cent louis, tu n'as pas fait un faux, et tu ne veux que me soutirer de l'argent?

Le jeune homme releva la tête en rougissant.
— Ah! j'ai menti, bégaya-t-il; eh bien, c'est bon! alors, n'en parlons plus.

Il prit son chapeau et sortit précipitamment.

Geneviève le laissa partir; mais elle passa une nuit terrible. Elle se redressait à chaque bruit, croyant qu'on venait lui apprendre l'arrestation ou la mort de Robert; elle s'accusait de dureté. Deux fois elle mit son châle pour courir chez son neveu, et deux fois, un doute qu'elle ne pouvait renvoyer la retint. Le lendemain, une partie de la journée se passa de même; enfin, vers l'après-midi, un inconnu à gros favoris, couvert de bagues et de breloques, se présenta avec trois billets signés de mon nom. C'étaient les faux dont Robert avait parlé !

Quand elle les vit, Geneviève devint très-pâle, si pâle, que l'étranger, qui s'appelait M. Dumanoir, s'informa de ce qu'elle avait. Mais la pauvre femme continuait à tenir les billets qui tremblaient dans sa main et ne pouvait répondre. M. Dumanoir fronça le sourcil ; enfin, ne sachant que dire, elle lui demanda de qui il tenait ces valeurs.

— Vous pouvez voir, répliqua l'inconnu en montrant, au revers, la signature de trois ou quatre endosseurs.

— Et Monsieur a besoin... tout de suite... de l'argent, dit ma femme de plus en plus troublée.

— Parbleu ! répliqua-t-il, j'ai demain deux paiements, et j'ai compté sur mes rentrées. On m'a dit que votre mari *était bon ;* j'espère bien, nom d'un diable, qu'on ne m'a pas trompé !

En parlant ainsi, il regardait Geneviève entre les deux yeux ; celle-ci n'y tint plus, et se mit à pleurer.

— Hein ! s'écria M. Dumanoir, des larmes ! Est-
ce que ce serait par hasard tout ce que vous auriez
à me donner ! Mais vous n'êtes donc pas solvables ?
Vous n'avez point les cent louis ? Ah ! mille tonnerres ! je suis ruiné !

Il se leva alors avec tant de malédictions et de
menaces contre moi, que ma pauvre femme effa-
rayée avoua tout. A l'annonce que les billets
étaient faux, M. Dumanoir fit un bond.

—Ainsi, je suis volé, s'écria-t-il ; et par qui ?
Vous connaissez le faussaire ; vous vous intéressez
à lui, car vous n'avez pas déclaré tout de suite la
fraude. Je veux que vous me le fassiez connaître,
ou je vous dénonce, je vous poursuis, je vous fais
condamner comme son complice.

Geneviève allait répondre quand la porte s'ouvrit
brusquement : c'était Robert. Au cri qu'elle poussa,
M. Dumanoir se retourna vers le jeune homme, et
celui-ci, qui vit entre ses mains les billets, tomba
à genoux.

Il y eut alors une scène que ma femme n'a jamais pu me raconter, parce que, seulement quand
elle y pense, la douleur lui coupe la voix. Tout ce

que j'ai su, c'est qu'après beaucoup de larmes et
de prières, voyant l'homme aux billets décidé à
faire arrêter Robert, et celui-ci cramponné à la fenêtre, où il menaçait de se jeter dans la cour, son
cœur n'y put tenir; elle courut au secrétaire qui
me servait de caisse, y prit treize cent cinquante
francs qui étaient toute ma réserve, et les offrit
pour racheter les billets. Le créancier parut d'a-
bord hésiter, mais, sur l'observation que Robert
était sans ressources, et qu'en refusant cette tran-
saction il perdrait tout, l'échange se fit de la main
à la main, et M. Dumanoir partit. Après avoir re-
mercié rapidement sa tante, Robert le suivit.

Il y avait eu dans son accent et dans son attitude
un changement si subit, que Geneviève en fut
frappée. Restée seule et remise de son émotion,
elle repassa dans sa mémoire tout ce qui venait
d'avoir lieu, et y trouva quelque chose de singu-
lier. Plus elle réfléchissait, plus les paroles et les
actions de Robert lui laissaient de doute. Elle ne
pouvait dire ce qu'elle soupçonnait, mais elle sentait qu'il y avait là quelque mensonge! Elle espérait
tout éclaircir à la prochaine visite du jeune homme.

Deux jours se passèrent sans qu'il reparût ! Geneviève, dont l'inquiétude augmentait, confia Marcel
à une voisine, et courut le chercher rue Bertin-
Poirée.

En arrivant au cinquième, sur le palier de la petite chambre qu'il habitait, elle vit la porte s'ouvrir et un homme de mauvaise mine sortir chargé
d'un paquet. Bien qu'il eût changé de costume et
qu'il ne portât plus de favoris, elle reconnut M. Dumanoir ! celui-ci profita du mouvement de surprise qui la tint un instant sans parole pour passer
vivement et descendre. Geneviève poussa la porte
de Robert ; il n'y avait personne ; mais les tiroirs
des meubles étaient renversés, les armoires ouvertes et vides ; quelques vêtements hors d'usage
restaient seuls dispersés à terre. Surprise de ce
désordre, elle redescendit chez le portier pour lui
demander des explications. Le portier ne savait
rien et n'avait rien vu. Tout ce qu'il put dire, c'est
que Robert était rentré l'avant-veille avec l'homme
qu'elle venait de croiser sur l'escalier ; que tous
deux paraissaient en grande réjouissance et faisaient sonner les pièces de six livres dans leurs

goussets. Geneviève n'en pouvait plus douter : la scène des billets était une comédie convenue entre Robert et le prétendu créancier; on avait compté sur son effroi, sur sa faiblesse; elle était victime d'une escroquerie dont le fils de son frère était l'inventeur ! Cette idée fut pour elle un coup de couteau dans le cœur. Elle voulut la repousser ; elle attendit Robert tout le soir et encore le lendemain. Elle ne pouvait douter et pourtant elle ne pouvait croire. Le chagrin, l'indignation, l'inquiétude, la bourrelaient tour à tour. Lorsque j'arrivai, elle avait perdu, depuis cinq jours, le sommeil et l'appétit ; je la trouvai tellement changée, que je lui demandai, tout effrayé, si elle était malade.

— C'est bien pis ! me répondit-elle d'une voix étouffée.

Et sans attendre mes questions, comme quelqu'un qui a besoin de soulager son esprit, elle se mit à me raconter en phrases interrompues ce qui s'était passé depuis mon départ. Quand elle arriva aux treize cent cinquante francs donnés pour Robert, je l'interrompis par un cri d'épouvante ; je

crus avoir mal compris, je courus au secrétaire !
La cachette ne renfermait plus que le sac ! Ma
gorge se dessécha, mes jambes plièrent; il fallut
m'appuyer au mur. Geneviève me regardait les
yeux grands ouverts, les mains pendantes, les lèvres agitées d'un frisson comme dans la fièvre.
En la voyant ainsi, je sentis retomber la colère
qui me roulait dans le cœur, et je lui dis très-dou-
cement :

—Tu as donné l'argent... Je ne pourrai pas
payer ce que je dois... Alors tout est dit... Nous
sommes perdus !

Par le fait, j'avais trois échéances pour le surlendemain, et la somme mise en réserve était destinée à y satisfaire. Sa disparution dérangeait tous
mes calculs, détruisait mon crédit ! Je le fis comprendre à Geneviève en lui montrant mon état de
situation. La pauvre créature fut si attérée que je
voulus cacher mon propre tourment.

Ce bon mouvement me rendit content de moi et
me releva le cœur. Le courage que j'avais d'abord
montré par amitié pour Geneviève me gagna peu
à peu; j'étais jeune, bien portant, je n'avais aucun

9

tort, je sentis que toutes mes forces me restaient
pour recommencer. L'important à cette heure était
de faire honneur à mes engagements. Je parlai à
Geneviève tranquillement, tendrement, comme un
homme ! Je lui dis que rien n'était désespéré, mais
qu'il fallait renoncer, pour le moment, à toutes les
petites aisances du ménage, ne garder que l'indispensable et accepter la rude vie des plus pauvres
ouvriers. Elle ne répondait qu'en pleurant et en
me serrant les mains. Quand j'eus fini :

— Ah ! tu es encore meilleur que je ne croyais,
me dit-elle ; je ne demande plus qu'une chose au
bon Dieu, c'est de me laisser vivre assez pour te
payer ta bonté !

Dieu a écouté sa prière; et elle a rempli sa promesse, car ce qu'elle appelait ma bonté a été payé
en bonheur, intérêts et principal !

Dès le soir même, je courus chez d'autres entrepreneurs auxquels je cédai quelques marchés pour
un peu d'argent comptant, et qui me prirent mes
matériaux. Pendant ce temps, Geneviève faisait
venir les marchands et vendait le meilleur de
notre mobilier. Le tout réuni fit la somme dont

j'avais besoin, et mes billets furent payés à l'échéance.

Mais la débâcle avait été visible ; on sut que j'étais rentré dans le régiment des gueux, et on me retira la considération qu'on m'avait prêtée. Je me présentai inutilement pour soumissionner ; nul ne voulait plus me faire d'avances ni de crédit ; on voyait ma ruine sans prendre garde à ma probité. Pour dernier malheur, Mauricet était absent ; le besoin pressait ; il fallut reprendre la truelle et vivre de sa journée.

Cependant Robert n'avait point reparu ! Malgré tout, Geneviève lui gardait une amitié incurable ; je voyais qu'elle était triste de ne rien savoir sur lui. Deux mois s'étaient passés ; et pour ma part, je tachais d'oublier le neveu, quand un sergent de ville se présenta dans mon taudis. J'étais heureusement seul. Il me montra un chiffon de papier avec mon nom et mon adresse à moitié effacés ; on l'avait trouvé sur un assassiné ! Un peu troublé, je suivis le sergent à la Morgue, et là je reconnus le corps de Robert. Il avait encore au cou la corde et la pierre qu'on lui avait attachée pour le noyer. Les complices de son vol avaient voulu en profiter seuls, et, comme il arrive si souvent, le crime avait été puni par un nouveau crime !

Geneviève ne sut la chose que longtemps après. Jusqu'ici les meurtriers n'ont point été retrouvés : peut-être ont-ils subi à leur tour le sort qu'ils avaient fait subir, car dans le mal, comme dans le bien, il est rare qu'on ne récolte pas ce qu'on a semé. Quant à nous, le souvenir du malheureux qui était venu jeter sa méchanceté à travers notre bonheur, se perdit bientôt dans des épreuves plus rudes ; les mauvais jours approchaient et nous allions être obligés, comme le disait l'ami Mauricet, *de nous garantir de l'orage sans cape et sans parapluie.*

La fête aux noix. — Le point d'appui. — Mauricet bat
monnaie. — Un procès. — Le pot de giroflée.


C'est une rude chose que de redescendre quand
on montait de si bon cœur, et le pain noir semble
dur à mâcher alors que les dents ont commencé à
s'amollir sur le pain blanc. Je faisais bonne mine
au mauvais sort ; mais, dans le fond, j'avais un dépit rentré qui me rendait tout déplaisant, et donnait, comme on dit, mauvais goût à la vie. Bien

qu'elle eût l'air aussi résolu, Geneviève n'était pas
plus résignée. Nous chantions chacun de notre
côté, mais pour narguer le sort, et non par gaîté.
De peur de laisser son cœur s'ouvrir, on gardait le
silence, on enveloppait sa tristesse dans sa fierté
et on s'endurcissait tout doucement. Je le sentais
bien, mais sans pouvoir faire autrement. J'étais
comme les gens qui chancellent; pour rester debout, il fallait me roidir.

Un soir, je revenais du travail le sac sur l'épaule,
et je montais le quartier en sifflottant; j'allais sans
me presser, car la vue de mon ménage ne me réjouissait plus l'œil comme autrefois. Je ne pouvais
m'accoutumer aux vides qui s'étaient faits dans le
mobilier, à la muraille sans tapisserie, et surtout à
l'air soucieux de Geneviève. Autrefois tout était
propre et gai, tout me souhaitait la bien venue; il
y avait dans notre intérieur comme un éternel
rayon de soleil; mais, depuis notre ruine, on eût
dit que les points cardinaux étaient changés : du
midi nous nous trouvions passés au nord ! Je montais donc à petits pas, en suivant les maisons, sans
prendre trop garde à une neige fine qui tombait

comme à travers un tamis et poudrait le verglas dont la chaussée était couverte. Près d'arriver au haut du faubourg, j'aperçus une vieille femme qui s'épuisait à pousser devant elle une de ces petites charrettes de *coureurs* qui sont les boutiques ambulantes du peuple de Paris. Le verglas rendait la tâche doublement laborieuse. Une neige épaisse rayait le gros châle de laine dans lequel elle était enveloppée et chargeait les plis du madras qui la coiffait. Elle haletait bruyamment, s'arrêtait de minute en minute, à bout de forces, puis redoublait de courage. Je fus pris involontairement de pitié. Le souvenir, ma mère me traversa l'esprit, et de joignant la marchande qui venait de s'arrêter :

— Hé! la vieille, lui dis-je en souriant, il y a là trop forte charge pour vous.

— C'est la vérité, mon fils, répondit-elle, en essuyant son front où la sueur se mêlait au givre; les forces s'en vont avec l'âge, tandis que les noix pèsent toujours leur poids; mais le bon Dieu fait bien ce qu'il fait; il n'abandonne pas les pauvres gens.

Je lui demandai où elle allait ainsi : elle me mon-

tra la barrière et voulut se remettre en marche ;
je posai alors la main sur un des brancards.

— Laissez, lui dis-je doucement, c'est mon chemin ; il ne me coûtera pas plus de faire route avec
votre brouette.

Et, sans attendre sa réponse, je poussai la
charrette devant moi. La vieille femme ne fit
aucune résistance ; elle me remercia simplement,
et se mit à marcher à mes côtés. J'appris alors
qu'elle venait d'acheter aux halles une provision
qu'elle devait revendre. Quels que fussent la saison et le temps, elle continuait à parcourir Paris
jusqu'à ce qu'elle eût tout placé. Depuis trente années, elle vivait de ce commerce, qui lui avait fourni les moyens d'élever trois fils.

— Mais quand je les ai eus grands et forts, on me
les a pris, me dit la pauvre femme : deux sont
morts à l'armée, et le dernier est prisonnier sur les
pontons.

— De sorte, m'écriai-je, que vous voilà seule, sans
autre ressource que votre courage !

— Et le protecteur de ceux qui n'en ont pas
d'autre, ajouta-t-elle. Faut bien que le bon Dieu ait

quelque chose à faire dans son paradis; et à quoi passerait-il son temps, si ce n'était à prendre soin des créatures comme moi? Allez, allez, on a beau être vieille et misérable, l'idée que le roi de tout vous regarde, qu'il vous juge et vous tient compte, ça vous soutient! Quand j'ai trop de fatigue, que mes pieds ne peuvent plus me porter, eh bien! je me mets à genoux, je *lui* dis tout bas ce qui me chagrine, et quand je me relève, j'ai toujours le cœur plus léger. Vous êtes encore trop jeune pour sentir ça; mais un jour viendra où vous comprendrez pourquoi on apprend à dire aux petits enfants : *Notre Père qui êtes aux cieux.*

Je ne répondis pas; je sentais que la lumière était venue! La marchande continua de même jusqu'au sommet du faubourg. Pour toutes ses grandes·épreuves, elle avait cherché une consolation, plus haut que la terre, dans un monde où rien ne pouvait changer. En l'écoutant parler, mon cœur battait. Je regardais cette vieille femme boitant, la tête branlante, déjà courbée comme pour ramasser son drap mortuaire, et je m'étonnais de la trouver plus forte que moi et Geneviève.

9.

C'était donc vrai que l'homme avait besoin d'un autre point d'appui que les hommes, et que, pour se tenir solidement sur cet échafaudage qui compose la vie, il fallait une corde nouée dans le ciel !

Quand je quittai la marchande, près de la barrière, elle me remercia; mais, à vrai dire, c'était moi qui lui devais de la reconnaissance, car elle avait réveillé des idées qui dormaient au fond de mon esprit. J'arrivai au logis tout occupé de ma rencontre. Ce soir-là, sans que j'aie su pourquoi, Geneviève était plus triste; il me sembla même qu'elle avait les yeux rouges. On soupa sans rien dire; l'enfant s'endormit; puis on resta près du feu qui s'éteignait. Ce fut seulement quand l'horloge sonna que Geneviève se leva avec un soupir. C'était l'heure du coucher. Alors je me levai aussi ; je pris la main de la chère femme, et, l'attirant contre mon épaule :

— Voilà trop longtemps que nous portons notre chagrin tout seuls, lui dis-je presque bas; demandons à Dieu d'en prendre sa part.

Et je me mis à genoux; Geneviève, en fit autant

sans rien dire. Je commençai alors à répéter toutes les prières que j'avais apprises dans mon enfance et qui étaient restées depuis, comme en dé-
pôt, dans un coin de mon cœur. A mesure que les
mots me revenaient à la mémoire, il me semblait
leur trouver un sens que je n'avais jamais saisi :
c'était une langue que je comprenais pour la première fois. Je ne puis dire si quelque chose de pareil se passait chez Geneviève, mais je l'entendis
bientôt qui pleurait tout bas. Quand je me relevai,
elle m'embrassa en sanglotant.

— Tu as eu une idée qui nous sauve, me dit-
elle ; maintenant que tu m'as fait repenser à Dieu,
je sens que je pourrai retrouver du courage !

Et, de fait, depuis ce jour tout alla mieux au logis. Nos cœurs étaient détendus ; nous recommen-
çames à penser tout haut ; la prière du soir nous
était toujours une espèce de repos et comme d'attendrissement. — Pauvre vieille femme ! tandis
qu'elle me racontait sa vie, elle ne se doutait guère
du bien qu'elle allait me faire. Depuis je ne l'ai
jamais revue ; mais plus d'une fois je l'ai bénie
avec Geneviève.

— Tu vois bien que le temps des bonnes fées n'est point tout à fait passé, me disait celle-ci, puisque tu en as trouvé une qui, pour payement d'un léger service, t'a donné un talisman de résignation.

Quoique forcément revenu à la truelle, je n'avais point perdu l'espoir de rentrer dans les entreprises ; et c'était souvent pour moi un crève-cœur de voir passer en d'autres mains des affaires dont je connaissais tous les avantages. Une surtout me tenta par ses profits ; il fallait malheureusement, pour la tenter, une avance de quelques centaines de francs !.. Je m'en retournais au chantier, assez triste de ne pouvoir saisir une si heureuse occasion, quand deux larges mains s'appuyèrent sur mes épaules. Je me retournai brusquement : c'était Mauricet.

Le maître maçon, retenu depuis plusieurs mois en Bourgogne, était revenu pour affaires à Paris, d'où il repartait le soir même. Il me fit entrer chez le marchand de vin, et, quoi que je pusse dire, il fallut redéjeuner avec lui. La prospérité avait engraissé Mauricet, qui était vêtu d'une splendide veste d'Elbeuf à petits pans, d'un castor à longs poils et d'un cravate de soie cerise. Le cœur était toujours le même, mais le ton avait haussé d'un cran; Mauricet ne doutait plus de rien depuis qu'il se trouvait à la tête de cinquante ouvriers. Je l'avais toujours vu si raisonnable que son aplomb me parut seulement la conscience de sa prospérité.

Dès son arrivée à Paris, il avait vaguement appris ma débâcle, et voulut tout savoir. Quand je l'eus mis au fait, il frappa la table avec la bouteille de Bordeaux cacheté qu'il avait fait venir malgré mes objections.

— Mille tonnerres! pourquoi ne m'as-tu pas écrit la chose? s'écria-t-il; je t'aurais trouvé assez de pièces de six livres pour faire marcher ton affaire. Que fais-tu maintenant? voyons, où en es-tu? Ne peut-on pas mettre un peu de chaux dans ton mortier?

Je lui fis connaître ma position, en disant un mot de l'affaire qui se présentait.

— Et tu n'aurais besoin que de 500 francs? demanda Mauricet.

Je répondis que cette somme me suffirait et au delà. Il appela aussitôt; un garçon entra.

— Une plume et de l'encre! cria le maître maçon.

Je regardai avec surprise.

— Tu ne comprends pas ce que je veux faire de ces drogues-là, pas vrai? me dit-il en riant; au fait, je ne suis guère plus partisan du *blanc et du noir* que par le passé; mais il faut bien braire pour les baudets. Quand j'ai vu qu'on ne pouvait brasser les affaires qu'avec les bouts d'aile et l'écritoire, ma foi! j'ai dit : En avant l'arrière-garde! et aujourd'hui j'en use tout comme un autre.

— Vous avez appris à écrire! m'écriai-je.

— Tu vas voir! dit Mauricet en clignant de l'œil.

Il avait retiré d'un portefeuille un papier timbré sur lequel il me fit rédiger une obligation de 500 francs. Quand j'eus achevé, il signa son nom en lettres inégales et imitant l'impression.

— Maintenant, me dit-il, quand la pénible opération fut achevée, présente-moi ça chez Périgeux, et tu aur toas nargeut d'aplomb; le seing du père

Mauricet est connu dans leur boutique, et je peux battre monnaie à discrétion.

On me remit, en effet, les fonds sans aucune difficulté, et, dès le lendemain, j'avais l'entreprise à laquelle ils étaient destinés. Tout marcha d'abord à souhait. Les travaux furent vivement conduits et achevés avant le terme. J'avais pu, sur les premiers payements, rendre à Mauricet son argent; de nouveaux marchés me ramenèrent dans le courant des affaires du bâtiment. Je reprenais le flot et je commençais à me sentir remonter, quand un procès intenté à notre principal entrepreneur vint tout arrêter. Mon sort et celui de dix autres était forcément lié au sien; nous nous trouvions les mains prises, sans aucun moyen d'agir ni de nous retirer. Pendant ce temps, les obligations particulières de chacun restaient entières; l'époque de payement arrivait pour les marchandises non employées; les soldes d'arriérés se succédaient impitoyablement : il fallait faire face à toutes les attaques, l'arme au bras, comme on dit; trouver chaque jour quelque nouvel expédient; obtenir des termes, effectuer des reports, compenser des dettes

et des créances ! Mes journées entières étaient employées à ce stérile travail. Je ne gagnais rien, et mes
ressources s'épuisaient de plus en plus : tandis que
j'employais mon temps à me sauver de la faillite,
Geneviève et l'enfant manquaient du nécessaire.

Je me mangeais la cervelle sans pouvoir faire
avancer les choses. Le procès était toujours près
d'être jugé, et reculait sans cesse. Un jour, quelque pièce avait été oubliée ; un autre jour, l'a-
vocat se trouvait absent ; le tribunal prenait des
vacances, ou l'adversaire avait demandé une remise ! Pendant ce temps, les semaines et les mois
s'écoulaient. Notre pauvre ménage ressemblait à
ces équipages pris par un calme plat au milieu de
la mer, qui réduisent chaque jour la ration et regardent en vain à l'horizon si les nuages leur an-
noncent le retour du vent. J'ai eu de dures épreuves dans ma vie, mais aucune qui soit comparable
à celle-ci. D'ordinaire, les malheurs qui nous frap-
pent laissent place à l'action ; on peut chercher le
soulagement ou le salut ; mais ici tous nos efforts
étaient inutiles ; il n'y avait qu'à se croiser les bras
et à attendre.

A la longue, cette agitation dans l'impuissance
me rendit sombre et hargneux. Ne sachant plus
qui accuser, je m'en prenais à Geneviève; je ne
tenais point compte à la pauvre créature de ses efforts pour me déguiser notre misère, de son travail pour l'amoindrir. On eût dit que je lui en voulais des privations qu'elle supportait. Au fond,
mon irritation était encore de l'amitié : elle venait
de mon chagrin de la voir souffrir. J'aurais donné
mon sang goutte à goutte pour lui acheter de l'aisance et du repos d'esprit; mais ma bonne volonté
était de mauvaise humeur faute d'avoir réussi :
c'était comme une haie d'épines à laquelle je la
déchirais, par dépit de n'avoir pu en faire une enveloppe pour la défendre.

Un jour surtout je rentrai plus aigri. J'avais
passé trois heures chez l'avoué, qui causait avec
des amis et que j'entendais rire, tandis que je me
rongeais le cœur. Il avait fallu attendre la fin de
leurs histoires plaisantes · puis, quand mon tour
était venu, j'avais trouvé un homme qui m'avait
écouté en bâillant, qui ne savait rien de mon affaire, et m'avait renvoyé à son premier clerc alors

absent. Je revenais donc gonflé de rancune contre les gens de justice, qui emmagasinent dans leurs cartons notre fortune, notre repos, notre honneur, et qui, le plus souvent, ne savent pas même ce qu'on leur a donné à garder. Pour m'achever, j'avais vu refuser le payement de mon dernier billet !

Comme si tout devait irriter ma tristesse, je trouvai à Geneviève un air de fête. Elle rangeait en chantant, et me reçut par une exclamation joyeuse. Je lui demandai brusquement ce qu'il était arrivé d'heureux depuis mon départ, si nous avions reçu une succession d'Amérique. Elle répondit en plaisantant, me prit par le cou, et me conduisit en face de l'almanach suspendu contre la cheminée.

— Eh bien ? lui demandais-je.

— Eh bien ! vous ne voyez point la date, monsieur ! dit-elle gaiement ; c'est aujourd'hui le 25.

— Oui, répliquai-je en me dégageant avec humeur ; et bientôt ce sera le 30, jour d'échéance. Que l'enfer confonde les billets et les almanachs !

Elle eut un air de douloureux étonnement.

— Qu'y a-t-il donc encore, Pierre Henri ? reprit-elle inquiète ; avez-vous appris quelque mauvaise nouvelle ?

— Je n'ai rien appris, comme d'habitude.

— Alors, reprit-elle en passant un bras sur le mien, remettons les inquiétudes à demain, et gardons ce jour-ci pour être heureux.

Je la regardai de manière à lui prouver que je ne comprenais pas.

— Allons, vilain homme ? dit-elle d'un ton de bouderie amicale, ne savez-vous donc plus que c'est l'anniversaire de notre mariage ?

Je l'avais effectivement oublié. Les années précédentes, cet anniversaire était pour moi une occasion de réjouissance et d'attendrissement ; mais cette fois il en fut tout autrement. Le souvenir du bonheur passé me rendit les souffrances présentes plus amères. La comparaison que j'en fis, dans ma pensée, excita chez moi une sorte de désespoir, et je me laissai tomber sur une chaise avec de sourdes malédictions. Geneviève, effrayée, voulut savoir ce que j'avais.

— Ce que j'ai ! m'écriai-je ; Dieu me pardonne !

on dirait que vous n'en avez jamais entendu parler ! Ce que j'ai ! eh bien, parbleu ! j'ai des dettes
que je ne puis payer, et des créances qui ne me
rentrent pas ; j'ai un procès qui me ruine en attendant que je le gagne ; j'ai trois bouches à nourrir
tous les jours, sans autre ressource que deux bras
qui ne peuvent travailler... Ah ! ce que j'ai, de-
mandez-vous ? J'ai le regret de ne pas m'être cassé
les reins le jour où je suis tombé d'un troisième,
parce qu'alors je n'étais qu'un ouvrier sans obligation et sans famille, et qu'une bière de quatre francs eût réglé mes comptes sur la place de
Paris !

Tout cela était dit avec un emportement qui fit
trembler la chère femme ; elle me regarda, et des
larmes lui vinrent dans les yeux.

— Au nom de Dieu ! ne parlez pas ainsi, Pierre-
Henri, me dit-elle ; ne me dites jamais que vous
regrettez de vivre, à moins que vous ne vouliez
aussi me faire mourir. Vous avez été tourmenté
tout le jour, pauvre homme, et vous me revenez
outré ; mais oubliez pour aujourd'hui les affaires,
et ne pensez qu'à ceux qui vous aiment.

J'allais peut-être faire ce qu'elle demandait, car sa voix m'avait remué le cœur, quand on frappa à la porte ; un sergent de ville entra.

— Pardon, dit-il poliment ; je suis monté parce que vous êtes en contravention et que je dois vous dénoncer procès-verbal, rapport au pot de fleurs de votre fenêtre.

J'allais répondre qu'il y avait erreur, lorsque Geneviève courut à la croisée et en retira précipitamment une giroflée encore enveloppée de sa feuille de papier blanc. Elle déclara qu'elle venait de l'acheter et de la déposer à cette place, où elle était d'ailleurs retenue par plusieurs barreaux. L'homme de police écouta patiemment toutes ses explications ; mais, après avoir constaté ce qu'il appelait le *corps du délit*, il prit nos noms et prénoms, avertit que nous aurions à nous présenter au tribunal pour payer l'amende, et se retira en saluant.

Cette interruption inattendue et la perspective des frais nouveaux auxquels nous allions être condamnés, arrêtèrent brusquement mon retour de bonne humeur. Quand Geneviève voulut me parler, je me levai exaspéré, en maudissant le caprice qui venait ainsi ajouter subitement à notre misère. Je me promenais à grands pas, j'élevais la voix, je m'animais de mes propres paroles, tandis que la femme, pâle et tremblante, me regardait sans rien dire. J'avais éclaté quand elle s'était efforcée de parler, et son silence augmenta ma colère! Hors de moi, je saisis la fleur, cause première de ce débat, et je courais à la fenêtre pour la lancer dans la rue, quand un cri de Geneviève m'arrêta. La pauvre femme était près du berceau de l'enfant que je venais d'éveiller ; elle le pressait d'un bras contre sa poitrine, et son autre main était tendue vers moi.

— Ne la brise pas, Pierre Henri, me dit-elle d'une voix que je n'oublierai jamais, c'est la fleur de notre anniversaire!

Je gardais la giroflée entre mes mains, hésitant sur ce que je devais faire. Je me rappelai alors que tous les ans, à pareille époque, Geneviève avait célébré la date de notre mariage par l'achat d'une de ces fleurs que ma mère cultivait au *Bois-Riaut*. A cette, pensée je sentis une secousse au dedans;

toute ma colère tomba d'un seul coup, il s'ouvrit
comme une fontaine dans mon cœur. Geneviève
courut aussitôt vers moi, et se jeta avec l'enfant
dans mes bras.

Quand tout fut pardonné et oublié, nous nous
mîmes à table pour le repas du soir. Ce qui venait
de se passer avait empêché la femme de rien préparer ; je ne voulus point la laisser sortir pour
remplacer ce qui nous manquait. Nous soupâmes
gaiement avec du pain et des radis, la giroflée au
milieu de la table et embaumant notre festin !

XI

Continuation d'inquiétudes. — Un malheur domestique,
— Abattement. — Retour de Mauricet. — Le pont du
Châtelet. — Un devoir accompli.

Nous avions obtenu un jugement qui reconnais-
sait notre bon droit, et assurait une partie de notre créance sur le cautionnement de l'entrepreneur, mais les formalités à remplir ne finissaient
pas. Geneviève et moi en étions toujours aux ex-
pédients, vivant de hasards et n'ayant jamais, dans
le buffet, le pain du lendemain. Mes journées se

partageaient entre quelques travaux passagers, les courses chez les co-intéressés, et les visites au palais. Depuis, je me suis dit que le plus sage eût été de chanter le *De profundis* sur mon *saint-frusquin*, et de recommencer bellement, comme l'enfant qui vient de naître ; mais j'étais acoquiné par ces quelques milliers de francs qu'on me montrait toujours en perspective, et je ne pouvais donner congé à mon espérance.

Des mois se passèrent ainsi. J'avais perdu l'habitude d'une occupation régulière, ma vie était dérangée. Au lieu de faire mon chemin avec les travailleurs, je me trouvais arrêté parmi ces pauvres diables qui mangent leur pain sec à la fumée d'un rôti qu'on leur promet sans cesse et qui tourne toujours ; j'employais le présent à faire queue à la porte de l'avenir.

Par surcroît, l'enfant tomba très-malade ; j'étais forcé d'aller à mes affaires et de laisser tous les soins à Geneviève ; mais au premier moment de liberté, je revenais en courant. Le mal ne diminuait pas, au contraire ! j'entendais les plaintes de la pauvre créature et sa respiration étouffée. Quand

10

sa mère, ou moi, nous nous penchions sur son
lit, il nous tendait ses petites mains, et nous regardait d'un air suppliant ; il avait l'air de nous
demander grâce. Habitué à tout recevoir de nous,
il croyait que nous pouvions lui rendre la santé !
Notre voix, nos caresses, l'encourageaient un moment, puis la souffrance reprenait le dessus ; il
nous repoussait, il semblait nous faire des reproches, il tordait ses petits membres avec des
cris qui nous fendaient le cœur. D'abord j'avais
combattu les craintes de la mère ; mais, à la longue, je ne me sentais plus capable de lui rien dire ;
je restais là, les bras croisés, mécontent de son désespoir qui augmentait le mien, et n'ayant point
la force de lui donner de l'espérance. Le médecin
d'ailleurs ne se prononçait pas : il venait au berceau de l'enfant, l'examinait à la hâte, ordonnait
ce qu'il fallait faire, puis disparaissait, sans un
mot de consolation ; on eût dit un architecte visi-
tant du mortier et des moellons. Quelquefois j'aurais voulu l'arrêter par les deux bras et lui crier
de parler, de nous ôter l'illusion ou le souci ; mais
je n'en avais même pas le loisir ; ce qui était pour

nous la source de tant d'angoisses, n'était pour lui qu'un emploi de journée !

Oh ! les tristes heures, mon Dieu ! passées près de ce petit lit ! quelles longues et froides nuits ! comme j'ai désiré de fois pouvoir hâter le temps, arriver tout de suite au fond de mon malheur ! Depuis, je me rappelle avoir lu que c'était encore là un bienfait de Dieu. En nous faisant traverser tant d'angoisses, il nous rend moins sensible au dernier coup ; la douleur de l'attente nous le fait désirable, notre pensée court à sa rencontre, et quand il nous atteint, nous l'acceptons comme un soulagement.

Après une maladie de quinze jours, l'enfant mourut ! J'y étais préparé, mais il ne parut point que Geneviève le fût ! Les mères ne renoncent jamais à l'être qu'elles ont mis au monde ; elles ne peuvent pas croire à la possibilité de s'en séparer ! Ce fut le plus rude de l'épreuve ! les jours avaient beau passer, rien ne consolait ma pauvre femme. Je la trouvais assise devant le berceau vide, ou bien raccommodant les petits vêtements du mort, et mettant sur chaque point une larme et un bai-

ser ! J'avais beau parler raison ou me fâcher, elle
écoutait tout patiemment, sans relever la tête,
comme un pauvre cœur dont le ressort est brisé !
Cet abattement finit par me gagner. Je me laissai
aller à mon tour, je me désintéressai de tout ; j'é-
tais des heures entières debout, devant la croisée,
tambourinant sur les vitres et regardant le vide ;
nous nous engourdissions tous deux dans notre
chagrin.

Nous n'avions pas **revu** Mauricet depuis deux
ans qu'il habitait la Bourgogne ; on m'avait dit
seulement que l'ancien maître compagnon s'était
lancé dans les grandes entreprises. Deux ou trois
fois j'avais eu l'idée de l'avertir de mes embarras,
et de lui demander un coup d'épaule ; je ne sais
quelle fierté m'avait retenu ; maintenant que je le
supposais dans les gros traitants, j'étais moins à
l'aise avec lui ; j'avais peur qu'il ne me soupçon-
nât de vouloir exploiter notre vieille amitié.

Nous avions donc l'air de nous être un peu ou-
bliés, quand je vis arriver, un soir, le nouvel entrepreneur, non pas en fiacre, comme j'aurais pu
le croire, mais à pied, et une blouse de voyage par-

dessus son habit de Louviers. Il descendait de diligence, et venait nous demander à dîner.

Dès le premier coup d'œil, je trouvais en lui un
changement. Il parlait aussi volontiers et aussi
fort que jamais ; il riait à tout propos, ne pouvait
tenir en place, et faisait plus de questions qu'il
n'attendait de réponses ; mais tout ce mouvement
et tout ce bruit paraissaient forcés ; sa gaieté avait
la fièvre ; à peine s'il nous dit quelques mots sur
la mort de notre enfant ; quand je voulus lui parler de mes affaires, il m'interrompit pour causer
des siennes. Il apportait des notes et des mémoires
qu'il m'expliqua en me priant de mettre le tout
en ordre. Bien que ses manières m'eussent un peu
refroidi, je fis ce qu'il désirait. Pendant ce travail,
Mauricet parcourait la chambre, les mains dans
les poches, et sifflottant tout bas. De temps en
temps il s'arrêtait devant la feuille de papier que
je couvrais de chiffres, comme s'il eût voulu en
deviner le résultat, puis il reprenait sa musique et
sa promenade. Le calcul fut long à établir ; quand
je l'eus achevé, je le fis connaître au maître compagnon : le passif était presque double de l'actif.

A l'énonciation des chiffres, Mauricet ne put rete
nir une exclamation.

— Es-tu certain de la chose? demanda-t-il d'un
accent qui me parut altéré.

Je lui expliquai les motifs qui avaient dû néces
sairement amener ce résultat. Le premier était la
multiplicité des emprunts et l'accumulation des
intérêts, dont il n'avait point semblé se préoccu-
per. L'absence de comptabilité écrite et sérieuse
l'avait évidemment trompé! il écouta mes explications les deux poings appuyés sur la table et les
regards fixés sur les miens.

— Je comprends! je comprends! dit-il, quand
j'eus achevé ; j'ai fait entrer dans mon écurie tous
les chevaux qu'on a voulu me prêter sans penser
qu'ils me ruineraient en fourrage! Mille millions de
diables! voilà où l'on est conduit quand on ne sait
pas tracer vos pattes de mouches, et qu'on ne connaît pas votre grimoire? Ceux qui n'ont que leur
caboche pour grand livre devraient tout régler
de la main à la main, et ne pas se jeter dans les
paperasses. C'est comme la rivière, vois-tu, on finit
toujours par s'y noyer.

Je lui demandai avec inquiétude s'il n'avait
point d'autres ressources que celles dont je venais
de prendre note, et si c'était bien là son bilan défi-
nitif.

— Du tout, du tout, reprit-il précipitamment ;
tu me dis qu'il manque vingt-trois mille francs ?...
Eh bien ! on les trouvera ; ils sont ailleurs.

Et comme j'insistais plus vivement.

—Quand on te dit que tout peut s'arranger ! inter-
rompit-il avec impatience ; ce n'était seulement que
pour voir, comme on dit, jusqu'au fond du puits !
à cette heure, c'est fait... Vingt-trois mille francs
de déficit !... Eh bien ! c'est bon....., le reste ira
tout seul.... Dînons toujours provisoirement, mon
vieux ; j'ai faim comme trente loups.

Malgré cette dernière affirmation, Mauricet ne
mangea presque rien; mais en revanche il but beaucoup, et parla encore davantage : on eût dit qu'il
cherchait à s'étourdir. Quand nous quittâmes la
table, le jour commençait à tomber ; Mauricet reprit ses papiers, les mit en ordre regarda quelque
temps le compte que j'avais dressé, comme s'il eût
pu le lire ; il ne dit rien, mais il me sembla que sa

main tremblait. Il posa ensuite le tout sur la commode, se remit à parcourir la chambre et nous demanda enfin où était notre fils !

Geneviève se retourna avec un cri ; je le regardai en face tout stupéfait. Lorsque l'enfant était mort, nous le lui avions écrit, et lui-même, en arrivant, nous avait parlé de cette perte ; il s'aperçut de sa distraction, et porta les deux mains à sa tête.

— Tonnerre ! il n'y a donc plus de cervelle là-dedans ! murmura-t-il avec une sorte de rage ; pardon excuse, les amis ; c'est la faute à Pierre Henri...... il m'a fait trop boire, mais n'importe ! j'aurais pas dû oublier votre chagrin.

Il s'assit et resta quelque temps dans une espèce d'accablement. Je lui demandai encore si ses affaires l'inquiétaient.

— Pourquoi ça, reprit-il brusquement, est-ce que je me suis plaint, est-ce que j'ai demandé quelque chose ?

Et se radoucissant tout à coup.

— Tiens, ne parlons plus d'affaires, continuat-il : causons de toi, de Geneviève... Vous ê tes tou

jours heureux, pas vrai ? quand on s'aime, qu'on
est jeune et qu'on ne doit rien !..... Ah ! si j'étais
à vos âges, moi ! Mais quoi ! on ne peut pas être et
avoir été; chacun son tour ; j'ai déjà vu filer une
partie de ceux de mon temps..... ton père Jérôme,
Madeleine, et bien d'autres encore ! Au diable la
tristesse ! vivons jusqu'à la mort.

J'étais étonné de ces propos décousus, Mauricet
n'avait pas assez bu pour être troublé à ce point ;
sa gaîté ne me rassurait pas ; je lui trouvais un
air égaré qui m'inquiétait. Comme il riait tout
seul ; il s'arrêta bientôt. Geneviève lui parla doucement de ses enfants qui étaient en province, et
dont le petit commerce prospérait. Alors il s'attendrit, il fit longtemps leur éloge ; puis, s'interrom-
pant tout à coup, il se leva avec un effort désespéré, et dit d'une voix entrecoupée :

— Allons, les amis.....assez causé..... le moment
est venu d'aller à mes affaires.

Il chercha quelque temps son chapeau qui était
devant lui, le mit en tâtonnant comme s'il n'eût pu
trouver sa tête, fit un pas vers la porte, puis s'arrêta
pour tirer sa montre qu'il déposa sur les papiers.

— J'aime mieux te laisser le tout, me dit-il en balbutiant..... je pourrais les perdre, ici c'est plus sûr.

Nous essayâmes de le retenir, il refusa; je voulus alors le reconduire, il se fâcha et partit brusquement; mais arrivé à moitié de l'escalier il revint sur ses pas.

— Allons, mille diables! dit-il ne nous quittons pas sur un mauvais mouvement !

Il embrassa ma femme, me serra la main et disparut.

Nous étions restés sur le palier tout émus et tout inquiets. Quand on n'entendit plus ses pas dans l'escalier, Geneviève se tourna vivement vers moi :

— Mon Dieu ! Pierre Henri; il y a quelque chose, me dit-elle.

— C'est mon idée, répondis-je.

— Il ne faut pas laisser Mauricet tout seul.

— Mais il se fâchera si je veux le suivre.

— Allons ensemble ! reprit-il, en nouant son bonnet et rajustant son petit châle de laine.

Je courus chercher mon chapeau et nous descendîmes. La nuit était venue, on n'apercevait plus Mauricet; nous prîmes notre course jusqu'à la première rue qui tournait. Là, par bonheur, nous reconnûmes le maître compagnon qui suivait les maisons. Il marchait d'un pas tantôt vif, tantôt ralenti en faisant des gestes et en parlant tout haut; mais nous ne pouvions entendre ce qu'il disait. Il suivit plusieurs rues au hasard, revenant parfois sur ses pas, comme un homme qui ne prend pas garde à sa route. Enfin, il atteignit les halles, et, de là, se dirigea vers les quais.

Arrivé au pont du Châtelet, il s'arrêta encore, puis tourna brusquement vers une des cales qui descendent à la rivière. Geneviève me serra le bras avec un cri étouffé. La même pensée nous était venue à tous deux. Nous courûmes ensemble. La nuit était déjà noire; Mauricet glissait devant nous comme une ombre; il s'enfonça sous une des arches du pont. Quand j'arrivai, il venait de quitter son habit et il s'approchait de l'eau qui s'engouffrait aux pieds de la pile en formant un grand remous. Il entendit venir, il voulut se jeter en avant, je n'eus que le temps de le saisir par le milieu du

corps. Il se retourna avec une malédiction, l'obs-
curité l'empêchait de me voir ; il reconnut seulement ma voix.

— Que fais-tu ici ? Que veux-tu ? s'écria-t-il ; ne
t'avais-je pas dit de me laisser ? Bas les mains,
Pierre Henri, mille tonnerres ! je te dis de me lâ-
cher !

— Non, je ne vous quitterai plus, m'écriai-je,
en m'efforçant de le ramener vers la berge.

Il fit un effort pour se dégager.

— Mais tu n'as donc pas compris, malheureux,
que j'étais perdu ! s'écria-t-il ; je ne peux plus faire
honneur à ma signature ! que maudit soit le jour
où j'ai appris à la mettre sur le papier ! Tant que
je n'ai pas su l'écrire, j'ai gardé ma réputation
fidèlement ; je ne l'ai pas engagée sur ces billets,
que Dieu confonde ! mais à cette heure la chose est
faite, il n'y a plus à reculer, faut être banquerou-
tier ou mort ; j'ai choisi ! ne m'ostine pas, Pierre
Henri, je suis dans un moment, vois-tu, où rien
ne m'arrêterait ; je suis capable de tout ; au nom
de Dieu ou du diable ! laisse-moi !

Il se débattait avec rage ; malgré ma résistance,

il allait m'échapper, quand Geneviève lui jeta les deux bras autour du cou et s'écria :

— Mauricet, pensez à vos enfants !

Ce fut comme un coup de massue. Le malheureux poussa un gémissement; je le sentis chanceler et il tomba assis sur la grève. Nous entendîmes qu'il pleurait. Geneviève se mit à genoux d'un côté, moi de l'autre, et nous commençâmes à l'encourager en pleurant avec lui; mais je ne trouvais rien de bon à lui dire, tandis que chaque mot de Geneviève lui allait jusqu'au cœur. Il n'y a que les femmes pour cette science-là. Le maître compagnon, tout à l'heure si terrible, n'était plus qu'un enfant incapable de résister. Il nous raconta, en sanglotant, tout ce qu'il avait souffert depuis huit jours qu'il commençait à voir clair dans ses affaires; je compris alors que son incapacité à tenir des comptes avait été la véritable cause de sa ruine. Emporté par le courant des entreprises, rien ne l'avait averti du danger et il ne l'avait connu qu'en faisant naufrage.

Je profitai de cette même ignorance pour persuader à Mauricet que tout n'était point désespéré,

11

que sa situation offrait des ressources qu'il ne
connaissait pas lui-même, et qu'il s'agissait seulement de la débrouiller. Le maître compagnon était
comme tous ceux qui affectent de mépriser l'écriture et les chiffres ; au fond, il leur croyait une
puissance secrète à laquelle tout devait céder.
Nous réussîmes donc à le ramener chez nous, sinon consolé, du moins raffermi.

A la vérité le péril n'était que reculé. Je savais
que dès le lendemain les mauvaises pensées al--
laient revenir. Je craignais surtout l'espèce de
honte que donnent ces suicides manqués. De peur
de laisser croire qu'on a été lâche, on revient à
son idée première avec acharnement ; on regarde
la mort comme le seul moyen de prouver son courage, et l'on met de l'amour-propre à se tuer ! j'a-
vertis Geneviève qui promit de veiller sans relâche.
A vrai dire, elle seule pouvait le faire, sans irriter
Mauricet ; les braves cœurs n'ont de force ni contre les femmes ni contre les enfants.

Quant à moi, j'avais à voir ce qu'on pouvait essayer pour éviter une débâcle. Je passai une partie
de la nuit à établir le bilan du maître maçon, en

me servant de ses actes et de ses renseignements ;
mais j'eus beau retourner les chiffres et refaire les
calculs, le déficit restait toujours à peu près le
même. En continuant l'affaire engagée, il y avait
bien chance de rattraper le tout et d'*étaler*, comme
on dit dans le jargon du métier; mais pour cela il
fallait de l'argent ou du crédit, et où en trouver?
J'avais beau me creuser le cerveau, aucun moyen
ne se présentait. J'essayai pourtant dès le lendemain, mais toutes mes tentatives furent inutiles ;
je fus renvoyé de l'un à l'autre avec force rebuffa-
des. En me voyant prendre tellement à cœur les
affaires de Mauricet, on m'y croyait intéressé, et
je me nuisais sans le servir.

Cependant je persistai, décidé à remplir mon
devoir jusqu'au bout. Le maître maçon était tombé
dans un découragement muet; on ne pouvait attendre de lui aucune recherche, ni aucun effort.
Quand j'essayais de le remettre sur pied, il me disait simplement :

— J'ai les jarrets coupés, laisse-moi où je suis !

Et je ne pouvais pas obtenir autre chose. J'étais
au bout de mes imaginations, quand je me souvins

du riche entrepreneur qui m'avait autrefois encouragé à m'instruire. J'y avais souvent pensé dans mes propres embarras, mais sans vouloir lui demander secours. Je me rappelai toujours notre première entrevue, dans laquelle il m'avait prouvé que la réussite était la récompense du zèle et du talent ; aller lui avouer qu'on avait échoué, c'était convenir qu'on s'était montré négligent ou incapable ; à tort ou à raison, j'avais toujours reculé pour mon compte devant cette confusion ; pour Mauricet, j'eus moins de scrupule.

Je craignais que le millionnaire n'eût oublié ma figure ; mais dès le premier coup d'œil, il me reconnut. C'était déjà quelque chose ; cependant je me troublai quand il fallut dire le motif de ma visite. J'avais bien préparé mon discours ; au moment de le débiter je m'embrouillai. L'entrepreneur comprit que j'étais dans de mauvaises affaires, et que je venais lui demander de l'argent ; je le vis froncer le sourcil et serrer les lèvres comme un homme qui se met en défiance ; cela me redonna subitement courage.

— Faites attention que je ne viens point pour

moi, m'écriai-je; mais pour un brave compagnon,
qui m'a quasiment servi de père, et que vous connaissez, le père Mauricet. Ce qu'il vous demande,
ce n'est ni une avance, ni un sacrifice, mais seulement de lui sauver la honte d'une faillite; sans
vous faire tort. Il s'agit d'une bonne action qui ne
vous rapportera rien peut-être, mais qui ne doit
non plus vous rien coûter.

— Voyons, dit l'entrepreneur, qui continuait à
me regarder.

Je lui expliquai alors rapidement toute l'affaire,
sans faire de phrases, mais sans perdre le fil de
mon discours, et comme un capitaliste qui discute
avec son égal. La force de la volonté m'avait élevé
au-dessus de moi-même. Il écouta tout, me fit
plusieurs questions, demanda les pièces justifica-
tives, et me renvoya au lendemain.

Je m'en allai, n'ayant plus d'espoir. La chose me
semblait trop claire pour qu'on remît la réponse,
si on eût voulu accepter. Cet ajournement n'avait
certainement d'autre but que de donner au refus
une apparence de réflexion. Je retournai pourtant
à l'heure convenue.

— J'ai tout examiné, me dit l'entrepreneur, vos calculs sont justes, je me charge de l'affaire ; vous pourrez dire à Mauricet de venir me voir, c'est un brave homme, et nous lui trouverons un emploi dont il sera content.

# XII

Nous quittons Paris. — Un nouveau logement. — Le maître maçon de Montmorency. — La vengeance d'un honnête homme. — Quel profit on peut tirer d'une infirmité. — Tout va bien.

Après le départ de l'ami Mauricet, je m'occupai de terminer mes propres affaires. La justice avait enfin prononcé, et je pus me libérer. Liquidation faite, il ne me resta que du papier timbré! J'avais satisfait à tous mes engagements, mais je me trouvais pour la seconde fois ruiné!

J'allais encore reprendre la truelle, quand un

architecte sous lequel j'avais travaillé me proposa
de quitter Paris et d'aller m'établir à Montmorency.
Il m'y assurait des travaux pour la saison et pro-
mettait de me pousser.

— Le pays est bon, me dit-il; il n'y a qu'un
maître maçon, habile ouvrier, mais brutal, et dont
on se sert faute de mieux. Avec un peu d'efforts,
la meilleure partie du travail vous viendra. Ici vous
végéterez toujours entre les gros entrepreneurs
qui vous étouffent : il vaut mieux être un arbre
parmi les buissons, qu'un buisson dans la forêt.

Je sentais trop bien ces raisons pour hésiter; tout
fut bientôt conclu. L'architecte me mena aux travaux, m'expliqua ce que je devais faire, et je revins à Paris pour chercher Geneviève.

Le moment du départ fut rude : c'était la première fois que je quittais la grande ville! J'étais
accoutumé à sa crotte et à ses pavés, comme le
paysan à la verdure ou à l'odeur des foins. J'avais
mes rues d'habitude où je passais tous les jours;
mon œil était fait aux gens et aux maisons; tout
était devenu, par le long usage, comme une part
de moi-même : abandonner Paris, c'était déména-

ger à la fois mes goûts, mes souvenirs, ma vie entière. Les voisins, qui nous connaissaient depuis
longtemps, vinrent sur leurs portes pour nous dire
adieu ; quelques-uns nous plaignaient ! cela me
fit faire bon visage, je les saluai en riant. Pour
rien au monde, je n'aurais voulu laisser voir ma
tristesse ; je sentais bien que ce départ forcé était
une humiliation ; il prouvait que le mauvais sort
avait été plus fort que moi ; je voulais protester contre la défaite en ayant l'air de ne pas la sentir. Quant
à Geneviève, qui avait moins de regrets, elle ne
songeait pas à cacher qu'elle pleurait. Chargée de
paniers et de paquets, la pauvre femme répondait
à tous les saluts et à tous les souhaits d'heureux
voyage par des remercîments accompagnés de
soupirs. Elle s'arrêtait à chaque porte pour embrasser une dernière fois les enfants ! Je m'impa-
tientais de ces retards et j'allais toujours en sifflant,
afin de me donner une contenance. Enfin, au dé-
tour de la rue, quand la dernière maison du faubourg eut disparu, je respirai plus librement.

Geneviève m'avait rejoint ; nous montâmes ensemble dans la voiture qui portait notre pauvre

11.

mobilier, et nous prîmes le chemin de Montmorency. Dieu sait combien de malédictions j'adres-
sai en moi-même, pendant le chemin, à la lenteur
du cheval et aux haltes du conducteur. Le sang
me bouillait dans les veines. Cependant je me tai-
sais ; j'aurais eu peur, si j'avais parlé, d'en trop
dire. Geneviève faisait comme moi ; enfin nous arrivâmes à la tombée du jour.

Le petit logement que j'avais arrêté était au bas
du village, dans une ruelle étroite où la charette
eut peine à passer. J'ouvris la porte, mon cœur se
serra ; je fis signe à Geneviève d'entrer, et je retournai aider le voiturier à décharger les meubles.
Je ne voulais point voir le désappointement de la
pauvre femme devant notre misérable réduit.

Elle comprit sans doute ce que je sentais ; car
elle reparut bientôt sur le seuil avec un sourire,
en déclarant que nous serions là à souhait. Elle-
même aida à tout transporter et à tout mettre en
place. Quand nous eûmes achevé, la nuit était
close ; le voiturier repartit et nous restâmes
seuls.

Notre logement se composait d'un rez-de-chaus-

sée plus bas que la ruelle. Il avait été autrefois car-
relé ; mais les tuiles brisées formaient alors une
sorte de macadamisage inégal et boueux. Une petite fenêtre donnant sur la cour du voisin apportait
des odeurs de fumier, et une haute cheminée, qui
occupait presque toute la largeur du pignon, ren-
voyait d'épais tourbillons de fumée. Je contemplais
ce triste bouge avec une sorte de stupeur. Soit que
je l'eusse mal jugé au premier aspect, soit que mes
dispositions fussent différentes, je lui trouvais un
air malsain et délabré qui ne m'avait pas d'abord
autant frappé. Nos meubles mis en place, et la présence de Geneviève, loin de l'égayer, semblaient
l'avoir assombri. Paré de tout ce qui pouvait l'em-
bellir, le logis ne laissait plus de doute possible et
se montrait dans sa définitive laideur ! Malgré ses
efforts pour paraître satisfaite, Geneviève éprouva
un malaise qu'elle ne pouvait cacher. Elle s'était
assise sur le foyer, les deux coudes appuyés à ses
genoux, et regardant devant elle. J'étais placé à
l'autre bout de la pièce, les bras croisés. Une petite
chandelle, qui finissait dans un bougeoir de fer-
blanc, nous éclairait seulement assez pour nous

faire voir notre tristesse. Geneviève fut la première
à sortir de cet abattement; elle se leva en poussant
un soupir, chercha le panier de provisions qu'elle
avait apporté de Paris, et commença à mettre le
couvert; mais le pain manquait. Je sortis pour en
acheter.

La boutique du boulanger était assez éloignée ;
lorsque j'y entrai, plusieurs voisins se trouvaient
réunis sur le seuil ; ils avaient l'air d'écouter un
gros homme qui parlait très-haut et avec un air de
colère. Je n'y pris point garde d'abord, et j'attendais la miche qu'on était allé me chercher dans
l'arrière-boutique, quand j'entendis mon nom prononcé par le gros homme.

— Il se nomme Pierre Henri dit *la Rigueur,* s'é-
criait-il ; mais le diable me torde le cou si je ne lui
change pas son nom en celui d'*affamé!* Quand je
devrais vendre ma dernière chemise, je lui fer
plus de chicanes et d'avanies qu'il n'en faud
pour le mettre sur la paille !

— Au fait, si nous laissons les Parisiens s'établir
dans le pays, ils viendront nous manger le pain
jusque sous le pouce ! fit observer un voisin, qu'à

ses mains noires je reconnus pour un travailleur de fer.

— Sans compter qu'ils finissent toujours par faire banqueroute ! ajouta l'épicier : à preuve, l'horloger de la grande place qui est parti sans me payer.

— Et attends-toi que le nouveau maître maçon n'aura pas meilleure mémoire, reprit le gros homme ; m'est avis que c'est quelque filou qui vient ici pour se cacher de la police.

Jusqu'alors j'avais écouté sans trop savoir si je devais avoir l'air d'entendre ; mais à ces derniers mots, le sang me monta à la tête, et je me retournai vers la porte :

— Pierre Henri n'a besoin de se cacher de personne, m'écriai-je, et la preuve, c'est que c'est lui qui vous parle.

Il y eut un mouvement général parmi les spectateurs. Le gros homme s'approcha du seuil.

— Ah ! ah ! voilà donc l'oiseau ? dit-il en me regardant en face d'un air insolent ; eh bien, je ne l'aurais pas reconnu au plumage ; pour un maître de la grande ville il a l'air un peu bonasse !

— Vous verrez à l'œuvre ce qu'il sait faire, répliquai-je brusquement ; les injures ne prouvent que la jalousie ou la malice : c'est au travail qu'il faut juger l'ouvrier.

— Reste à savoir si l'on en veut de ton travail ! reprit le maître maçon grossièrement : tu m'as enlevé une pratique; mais si tu m'en enlèves une seconde, aussi vrai que je me nomme Jean Férou, je t'éreinte à la première occasion.

Je sentis que je devenais pâle, non de peur, mais de dépit. Cette grosse figure rouge de colère, et ces petits yeux gris qui flamboyaient de menace me remuaient le sang; je regardai le maître maçon en face :

— Faudra voir ça ! maître Férou; repris-je, en me contenant ; les gens qu'on veut éreinter ne se laissent pas toujours faire. Jusqu'à présent, j'ai défendu ma peau contre plus d'un mauvais compagnon, et j'espère ne pas la laisser à Montmorency.

— Eh bien ! à la bonne heure ! s'écria le maçon qui releva sa casquette; nous verrons ce que tu sais faire de tes poings ! Le diable me brûle j'en aurai le

cœur net, et il ne sera pas dit que Jean Férou se
sera laisser couper l'herbe sous le pied par un bou-
silleur de Paris.

Je ne répondis pas : la colère me gagnait et je me
sentais près d'éclater. Je pris vivement le pain que
j'étais venu chercher, et j'allais sortir quand le boulanger me réclama son paiement. Je répondis que
j'avais déposé l'argent sur le comptoir ; mais le
marchand déclara n'avoir rien reçu. Il s'ensuivit un
débat que l'intervention du maître maçon ne tarda
pas à aigrir. Intéressé d'honneur, je soutenais mon
affirmation avec persistance. Au plus fort de la
contestation, une petite fille, qui se trouvait pré-
sente, déclara à demi-voix que je tenais l'argent
caché entre mes doigts. Je rouvris vivement la
main : c'était la vérité ! Dans mon trouble, j'avais
repris sur le comptoir une pièce de douze sous et
je l'emportais sans m'en apercevoir !

Le mouvement qui se fit parmi les spectateurs
me donna le vertige ; je voulus balbutier une explication ; mais me sentant soupçonné, je me troublai. J'étais inconnu, entouré de malveillance, sans
aucun moyen de prouver que mon erreur avait été

involontaire; je compris que toutes mes justifica-
tions étaient inutiles : aussi, coupant court brusquement, je payai le marchand et je voulus sortir.

Le maître maçon était debout dans la baie de la
porte, une épaule appuyée au chambranle et les
pieds arc-boutés au côté opposé. Il me regardait en
ricanant.

— Manqué le coup! me dit-il ironiquement;
pour aujourd'hui, il faudra payer son pain au prix
du tarif.

— Laissez-moi passer ! m'écriai-je, à bout de patience.

— De quoi! de quoi! reprit-il d'un ton de plus
en plus provocant; on dirait que le Parisien se
fâche.

— Le Parisien en a assez de vos injures, repris-
je tout tremblant de colère, et il faut que vous lui
fassiez place.

— Vrai ! et si je ne veux pas!

— Alors il se la fera.

— Ah ! oui-dà ; voyons un peu ça.

Je m'avançai résolûment jusqu'à lui, il était
toujours appuyé au mur, et les bras croisés.

— Jean Férou, voulez-vous me laisser sortir ? m'écriai-je les poings fermés.

— Non, dit-il, en ricanant.

Je le saisis par le bras et je le poussai rudement pour le forcer à me livrer passage.

Il ne s'attendait point sans doute à une telle hardiesse, car il fut sur le point de perdre l'équilibre; mais il se redressa sur-le-champ avec un jurement, revint à moi le bras levé et me frappa au front d'un coup qui m'étourdit. Je tâchai pourtant de me mettre en défense, et la lutte se soutint jusqu'au moment où je trébuchai contre le seuil, entraînant le maître maçon dans ma chute ! Tombé sous lui, je sentis bientôt ses deux genoux sur ma poitrine, tandis que ses poings me labouraient le visage. Les spectateurs, qui avaient laissé faire jusqu'alors, se décidèrent enfin à nous séparer. On m'arracha avec peine à maître Férou ; on me mit sous le bras le pain que j'avais acheté; on me montra mon chemin, et je repris machinalement la route du logis.

J'allais devant moi comme un homme ivre ; j'étais endolori dans tous les membres, et navré

jusqu'au plus profond du cœur. A la vue de la
maison je ralentis le pas ; j'avais peur des questions de Geneviève quand elle apercevrait mon visage sanglant et meurtri. Je ne pouvais me faire
à l'idée de lui raconter les humiliations que je venais de supporter. Heureusement qu'elle avait cédé
aux fatigues de la journée ; je la trouvai couchée
et endormie.

Je me hâtai d'éteindre la chandelle qui brûlait
encore, et de me mettre au lit. Mais j'y cherchai en
vain le sommeil ; j'étais dévoré d'une sourde rage !
La haine du maître maçon m'avait gagné ; je lui
voulais maintenant tout le mal qu'il avait souhaité
me faire ; je cherchais par quel moyen je pourrais
lui nuire et me venger ! Tout le reste m'était indif-
férent ! Je demandais tout bas l'aide du bon Dieu
contre mon ennemi. La réflexion, au lieu de me
calmer, excitait de plus en plus mes mauvaises
pensées ; ma rancune était comme un abîme qui
se creuse à mesure qu'on y travaille. Si je m'en-
dormais de temps en temps, c'était pour faire des
rêves de colère. Tantôt je voyais maître Férou
ruiné, le bissac de mendiant sur l'épaule ; tantôt

je le tenais sous mes pieds comme il m'avait tenu lui-même, et je le forçais à me crier merci ; d'autres fois je l'apercevais, les mains liées, entre quatre gendarmes qui le conduisaient à la prison des voleurs, et je lui renvoyais ses injurieuses railleries.

Au milieu d'un de ces cauchemars, je fus réveillé en sursaut par Geneviève. Je me dressai sur mon séant : une grande lueur éclairait notre logement ; on entendait au dehors un tumulte de voix, le bruit de gens qui semblaient courir ; puis le cri : *Au feu!* retentit. Je sautai à bas du lit, je m'habillai à la hâte, et je sortis. Deux hommes traversaient la rue en courant.

— Où est le feu? demandai-je.

— Au chantier de Jean Férou! répondirent-ils en même temps.

Je m'arrêtai saisi : on eût dit que Dieu avait écouté mes prières, et qu'il s'était chargé de me venger ! Il faut bien l'avouer maintenant, le premier mouvement fut de satisfaction ; mais il ne dura que le temps d'un éclair : presque aussitôt je rougis en moi-même de mon contentement. Ra-

mené aux bons sentiments, il me sembla que j'é-
tais plus obligé qu'un autre de porter secours au
maître maçon, et de racheter par l'action mes
souhaits de malheur. Cette idée fut comme une
flamme qui me traversa le cœur. Je m'élançai à la
suite des gens qui passaient, et j'arrivai au chantier de Férou.

Le feu, d'abord mis à un appentis, avait bientôt
gagné tout le reste. Au moment où j'arrivai, les
amas de charpente et de voliges formaient autour
de la maison une ceinture de flammes qui empêchait d'y arriver. Des ouvriers couraient au milieu
de la fumée, écartant les matériaux en feu. Je me
joignis à eux, et nous finîmes par nous ouvrir un
passage. Arrivés à la maison, nous la trouvâmes
fermée. Quelques voix s'écrièrent que Jean Férou
devait être chez son frère à Andilly ; mais plusieurs
autres répondirent qu'ils l'avaient rencontré le
soir même au village ; l'un d'eux l'avait même vu
rentrer, comme il le dit, avec *un coup de tisane
dans la tête* et une bouteille sous le bras. Ivre et
endormi, il n'avait sans doute rien entendu.

Cependant le danger devenait de plus en plus

pressant. L'incendie, qui s'était étendu par derrière, passait déjà au-dessus de la toiture du petit
pavillon. Nous frappions en vain à la porte refer-
mée, nous appelions le maître maçon de toute la
force de nos poumons : rien ne répondait ! Dans
ce moment, il se fit sur nos têtes un effroyable
craquement, et les tuiles détachées se mirent à
tomber avec une pluie de charbons : c'était le toit
qui éclatait ! Tout le monde s'enfuit. Je me préci-
pitais comme les autres vers l'extrémité du chantier, quand un grand cri parti derrière moi m'arrêta
court. Je me retournai : Jean Férou, enfin réveillé,
venait de paraître à l'une des fenêtres du pavillon.

Surpris dans son ivresse et encore tout étourdi, il
regardait avec des exclamations d'épouvante, sans
avoir l'air de bien comprendre. Toutes les voix lui
crièrent à la fois de descendre et de fuir ; mais le
malheureux, hors de lui, continuait à regarder les
flammes qui couraient à travers le chantier, en
répétant d'un accent lamentable :

— Le feu ! le feu !

Deux ou trois d'entre nous se décidèrent à revenir sur leurs pas et à se rapprocher du pavil-

lon. L'incendie commençait déjà à fendre les planchers. Nous avertîmes le maître maçon que le moindre retard pouvait lui coûter la vie. Il parut enfin le comprendre, car il rentra vivement comme s'il se fût décidé à gagner la porte, et nous nous rapprochâmes pour lui porter secours. Des étincelles qui jaillissaient à travers les volets du rez-de-chaussée, nous apprirent alors que les flammes avaient envahi en même temps l'étage inférieur et les combles. Jean Férou reparut bientôt à la fenêtre, en criant que l'escalier était en feu et en demandant une échelle. Quelques-uns coururent en chercher ; mais, au milieu de ce désordre et de cette destruction, il était douteux qu'ils pussent en trouver à temps. L'incendie du rez-de-chaussée grandissait rapidement ; au lieu de pétiller, la flamme commençait à gronder dans l'intérieur comme dans une fournaise. Jean Férou, chargé de papiers et de sacs d'argent, était à cheval sur la fenêtre, criant qu'on l'aidât à descendre; mais ceux qui se trouvaient là restaient immobiles par impuissance ou par épouvante. Je me sentis tout à coup saisi d'une courageuse volonté ; l'idée du danger disparut, je ne vis plus qu'un homme à sauver.

Je courus à une des fenêtres du rez-de-chaussée, et, m'aidant des volets, j'arrivai jusqu'au cordon du premier étage. Là, mes épaules étaient presque au niveau des pieds du maître maçon ; je lui criai de s'en servir comme d'un point d'appui. Férou, que l'émotion avait dégrisé, ne se le fit point répéter : il enjamba la fenêtre et se laissa glisser jusqu'à moi. Son poids me fit d'abord perdre l'équilibre, je chancelai ; mais, me rattrapant au mur, j'enfonçai les ongles dans les jointures des pierres, auxquelles je me retins par un effort de vaillantise, et le maçon se servit de mon corps comme d'une échelle pour arriver à terre sans malheur.

Ce fut seulement quand je l'eus rejoint qu'il me reconnut. Il recula de trois pas, porta la main à son front, et, après avoir balbutié quelques mots que je ne pus comprendre, s'assit sur un débris de poutre qui fumait encore. Tant d'événements coup sur coup l'avaient anéanti ; il était sans force pour s'expliquer et pour remercier.

Peut-être lui manquait-il aussi la volonté. Jean

Férou était un cœur où les sentiments entraient
aussi difficilement que le coin dans la pierre. Rien
que pour ne pas vous traiter en ennemi, il avait
besoin d'un effort. Sa femme avait dû le quitter
après dix-huit années de tourments et de patience;
ses enfants avaient cherché hors de chez lui le pain
des étrangers, et, de tous ceux avec lesquels il
avait travaillé et vécu, aucun ne s'était fait son
ami. Devenu mon obligé depuis l'incendie du chantier, il renonça à me nuire, mais ce fut tout. Quand
je le rencontrais, il passait droit comme s'il ne
m'eût jamais vu; si l'on parlait de moi, il ne disait
plus rien ou s'en allait brusquement : l'ours avait
seulement renoncé à mordre, sans s'apprivoiser.

Heureusement que les témoins du service rendu
me dédommagèrent de cette froideur. Ils racontè-
rent comment je m'étais conduit avec le maître
maçon, et l'on m'en sut d'autant plus de gré que
l'on apprit en même temps ce que j'avais eu à en
souffrir la veille. D'avoir seulement fait mon devoir parut de la générosité, et chacun me paya en
estime ce que Jean Férou me refusait en reconnaissance.

Une rencontre faite par hasard me servit aussi
de leçon et d'encouragement. On apercevait alors,
sur le bord de la route qui conduit du bourg de
Sarcelles à celui d'Ecouen, une maisonnette couverte de chaume, précédée d'un petit jardin où les
fruits, les légumes et les fleurs, se trouvaient mêlés sans ordre, mais non pas sans goût. Là, demeurait un pauvre manouvrier dont je fis la connaissance par aventure, et qui me fut un exemple.

C'était un enfant trouvé, d'abord élevé par la
charité d'un hospice, puis obligé de vivre, sans état,
du travail le plus grossier. Laid, chétif et abandonné, il avait dû remplacer tout ce qui lui manquait par la bonne volonté. On l'employait d'abord
à cause de son zèle ; mais, insensiblement, ce zèle
était devenu de la capacité. Sa persévérance lui tenait lieu de force, son application d'adresse ; comme
la tortue de la fable, il arrivait toujours avant les
lièvres qui avaient trop compté sur leur agilité.
Cependant, à toutes ses disgrâces, Dieu avait ajouté
une infirmité qui semblait combler la mesure :
François était affligé d'un bégaiement confus qu'on
ne pouvait entendre sans rire. Tout enfant, il avait

**12**

été pour ses compagnons une perpétuelle occasion
de moquerie ; plus grand, il devint l'amusement
des jeunes garçons et des jeunes filles. Voulant
échapper à leurs railleries, il s'interdit la parole
toutes les fois qu'elle ne lui était pas indispensable, et se résigna à ne remplir, dans les réunions
de plaisir, que le rôle de comparse muet, toujours
si dur pour notre vanité.

Seulement, comme il fallait un prétexte à son
silence, il apprit d'un vannier à fabriquer des paniers communs. A la veillée d'hiver, près du foyer,
et aux causeries d'été, devant les seuils, il apportait son travail. Tandis que les autres jeunes gens
fumaient, riaient et parlaient, les coudes sur leurs
genoux, il tressait son osier sans rien dire. On
avait d'abord plaisanté ce qu'on appelait sa manie,
puis l'habitude empêcha d'y prendre garde.

Le malheur de François l'avait ainsi conduit à
utiliser des heures perdues pour ses compagnons.
Il en tira un autre profit. Sa langue, à demi en-
chaînée, évitait toute parole inutile ; il ne parlait
que quand il avait quelque chose à dire : aussi de-
meurait-il le plus souvent muet. Mais, dans ce re-

cueillement forcé, son esprit mûrissait lentement;
il poursuivait, tout bas et sans distraction, chacune de ses pensées ! il recueillait et méditait celles
qu'il entendait échanger entre les autres. Ses van-
neries, vendues dans le pays, grossirent peu à peu
ses épargnes. Son infirmité le tenait à l'écart des
garçons du village et lui évitait les tentations de dépense. Au bout de quelques années, il fut assez
riche pour acheter un coin de terre qu'il cultiva à
ses moments de loisir, et dont les récoltes lui furent encore plus profitables que ses paniers. Il
songea alors à se construire lui-même un logis ! La
maisonnette s'élevait lentement, mais s'élevait
toujours; enfin elle eut un toit, et le nouveau propriétaire put dormir chez lui !

Tout cela avait demandé dix années ! François
en consacra dix autres à perfectionner son œuvre
et à arrondir son domaine. Il creusa un puits,
planta des arbres fruitiers, attira des abeilles qui
multiplièrent leurs essaims, acheta deux autres
champs dont il fit sa prairie et son verger. Quand
je le vis, il avait franchi ce fossé difficile qui sépare
la pauvreté de l'aisance; il pouvait sacrifier quel-

ques fruits à de la verdure et quelques épis à des rosiers. Sa cabane, ombragée d'acacias, apparaissait à la droite du chemin, comme une ruche dans une touffe de fleurs.

Il me raconta alors ce que je viens de dire, non pas d'une haleine, mais par réponses courtes et souvent interrompues. Bien qu'il n'en eût plus besoin, François continuait à tresser ses paniers pour occuper ses doigts et avoir le droit de ne point parler. Un jour que je parcourais son domaine, et que j'exprimais mon admiration pour tant d'ordre, de persévérance et d'activité :

— Le mérite n'en est pas à moi, mais à Dieu qui m'a ôté la liberté de la parole, répondit François en souriant. Ne pouvant perdre mon temps à causer, je l'ai employé à agir. Notre vie dépend de notre volonté bien plus que de nos avantages, et vous voyez vous-même ici *quel profit on peut tirer d'une infirmité.*

Je profitai de l'exemple de François et je m'accoutumai à ne perdre aucun instant. Geneviève, de son côté, entreprit de blanchir le linge de quelques bourgeois du voisinage. Tout nous réussit. Ainsi

que l'architecte l'avait prévu, les travaux m'ar-
rivèrent en foule. Après avoir lutté deux ans, le
maître maçon quitta brusquement le pays sans rien
dire, et je n'en ai jamais entendu parler depuis.

Bientôt un fils et une fille nous consolèrent de la
perte de notre premier enfant. La bonne amitié, la
joie, l'aisance et la santé formaient les quatre coins
de notre ménage. Geneviève chantait tout le jour;
les petits grandissaient en gazouillant; l'argent
venait de lui-même à notre armoire; la bonne
chance brillait sur nous comme un plein soleil!
Je puis dire que ce temps a été le meilleur de toute
ma vie, car c'est celui où j'ai le mieux senti la
bonté de Dieu. A la longue, on s'accoutume au
bonheur, et on le réclame comme le paiement
d'une dette, au lieu de le recevoir comme un cadeau; mais alors je n'étais pas gâté par la Providence; j'avais encore sur les lèvres l'amertume du
pain de la misère, ce qui me faisait mieux sentir
le bon goût du pain de la prospérité.

# XIII

**Mauricet reparaît. — Le choix d'un parrain. — Notre fille
Marianne. — L'architecte.**

Les cinq premières années de notre établissement à Montmorency ne m'ont guère laissé de souvenirs. Je me rappelle seulement que le travail
donnait de plus en plus, et que ceux qui avaient l'air
de me mépriser lors de mon arrivée ne passaient
plus près de moi sans porter la main à leur chapeau. J'étais désormais un personnage dans le pays.
Devenu locataire du chantier de mon ancien con-

curent, je m'y étais établi avec Geneviève. Nous
avions tapissé la maisonnette, repeint les vieux pla-
fonds, garni les croisées de rideaux blancs, planté
des rosiers du Bengale aux deux côtés de la porte.
Un coin de terrain avait été transformé en jardin :
ma femme y mettait des fleurs et du linge à sécher ;
elle avait même recueilli un essaim égaré qui, à la
longue, nous avait donné plusieurs ruches. Notre
fils et notre fille poussaient comme des peupliers,
couraient parmi nos plates-bandes et nos copeaux
en gazouillant, à faire taire les oiseaux. La tran-
quillité et l'abondance avaient élu domicile au logis. Je ne me souviens de ce temps que par une
contrariété qui devint bien vite une joie.

C'était à la naissance de la petite Marianne. Nous
avions pour voisine une dame de Paris riche à
cent mille francs et bonne à proportion ; une vraie
providence pour tous ceux qui l'approchaient. J'a-
vais bâti des serres dans son parc, à son entier
contentement, et elle avait, de plus, pris en gré
Geneviève qui blanchissait son linge : aussi, deux
ou trois mois avant la naissance de la petite, avait-
elle demandé à être sa marraine, ce que la mère

et moi avions accepté avec reconnaissance. L'enfant vint au monde en bonne disposition de vivre; et j'étais dans le bonheur du premier moment quand Mauricet nous arriva. Je n'avais point revu le maître compagnon depuis ses mauvaises affaires, mais je savais que l'entrepreneur, qui l'avait pris à gages, lui faisait la place commode, et qu'il s'était repris de bon cœur à la vie. De fait, je le retrouvai aussi causeur, aussi jovial et aussi actif que dans les meilleurs temps; l'âge l'avait seulement un peu chargé d'embonpoint. Il nous embrassa à trois reprises, et ne put se retenir de pleurer.

— J'ai vu ton chantier en entrant, me dit-il, les deux mains posées sur mes épaules, et ses yeux humides tout près des miens; il paraît que ça va, garçon... tu fais des provisions d'hiver pour les vieux jours... C'est bien, mon brave ! La réussite des amis me donne de la santé !

Je répondis que tout marchait effectivement à souhait, et je lui expliquai rapidement ma position. Il m'écoutait, assis près du li d e Geneviève, notre petit Jacques sur ses genoux, et regardant la *nouvelle arrivée* qui dormait dans son berceau.

— Allons, vivat ! s'écria-t-il quand j'eus fini ; il faut que les braves gens prospèrent, ça fait honneur au bon Dieu ! J'avais besoin de savoir où tu en étais, et c'est pourquoi j'ai demandé au patron quelques jours de *campo*.

— Ainsi, vous nous restez ! dit Geneviève, avec une satisfaction visible.

— Si *c'est un effet de votre part*, répliqua Mauricet ; je ne suis venu que pour vous d'abord ! Depuis tant de semaines que nous **étions** séparés, j'avais faim et soif de ce paroissien-là !...

Il me prit encore les mains.

— Et puis, ajouta-t-il en se tournant vers la femme, je savais que la famille allait s'augmenter, et je mitonnais une idée, une idée qui me réjouit depuis trois mois !

— Quelle idée ? demanda Geneviève.

— Celle de vous amener un parrain pour l'enfant.

— Un parrain ?

— Et le voilà ! acheva-t-il en frappant sur sa poitrine ; vous n'en trouverez jamais un de meilleure volonté, ni qui vous aime davantage.

Geneviève ne put retenir un mouvement, et nous échangeâmes un regard ; Mauricet s'en aperçut.

— Est-ce que j'arrive trop tard ? demanda-t-il ; auriez-vous déjà choisi ?

— Un parrain... non... balbutia la mère ; nous n'avons qu'une marraine...

— Alors, c'est bien ! reprit le maître compagnon ; vous me la présenterez. De me retrouver ici, voyez-vous, ça me donne le goût de la joie. Faut s'amuser à mort ! Je veux un baptême modèle, avec des dragées, du bordeaux à discrétion, et des gibelottes de lapin !... Ah ça ! elle n'est pas trop déchirée, au moins, la marraine ?

Je lui répondis avec un peu d'embarras, que c'était madame Lefort, notre riche voisine.

— Une bourgeoise ! répéta Mauricet ; excusez du peu ! En voilà un honneur ! alors, il faudra se tenir sur son quant-à-soi. Mais soyez calmes, à l'occasion on sait avoir un certain genre. J'achèterai une paire de gants tricotés !

Nous n'avions pas eu le temps de répondre quand la voisine entra elle-même. Je fus un moment interdit ; Geneviève s'était soulevée dans son lit. La

position devenait véritablement embarrassante.
Elle le fut encore bien davantage lorsque madame
fort rappela la promesse qu'elle nous avait faite,
déclara qu'elle venait s'entendre avec nous pour
parrain.

— Comment! s'écria Mauricet en se redressant;
un parrain? présent!..... j'arrive pour ça de Bourgogne. A ce que je vois, c'est madame qui doit être
ma commère... Enchanté de l'avantage!.... Il
faudra s'entendre pour les dragées.

Madame Lefort étonnée nous regarda; Geneviève était devenue très-rouge, et arrachait le duvet
de sa couverture de coton sans oser lever les yeux;
il y eut un silence assez long pendant lequel Mauricet, qui ne s'apercevait de rien, faisait voyager
Jacques sur ses genoux avec la chanson d'usage:

> A Paris, à Paris,
> Sur un cheval gris.
> A Rouen, A Rouen,
> Sur un cheval blanc.

— Ceci change tout, dit enfin la voisine, d'un
ton un peu sec; je venais proposer de nommer

l'enfant avec mon frère, le conseiller de préfecture ; j'ignorais que vous eussiez fait votre choix à mon insu.

— Que madame nous excuse, répliquai-je, nous n'avions pensé à rien ; c'est le maître compagnon qui, en arrivant tout à l'heure, nous a fait la proposition.

— Et nous comptions en parler à madame, ajouta Geneviève.

— Minute ! interrompit Mauricet, qui s'aperçut enfin de notre embarras ; je ne veux contrarier personne ! Ce que j'en ai dit, c'est par affection ; j'aurais aimé à nommer la petite, vu qu'une filleule est quasiment une fille ; mais ma bonne volonté ne doit pas lui faire tort, et si Pierre Henri trouve mieux, il ne faut pas qu'il se gêne.

Il s'était levé ; l'expression joviale de sa bonne figure avait disparu ; Geneviève et moi nous fîmes ensemble un geste pour le retenir ; nous avions pris notre résolution du même cœur.

— Restez, m'écriai-je, on ne peut jamais trouver mieux que de vieux amis comme vous.

— D'autant que madame Lefort vous connaît, ajouta Geneviève.

— Et se tournant vers la voisine avec un de ces sourires qui supplient :

— C'est le brave Mauricet, continua-t-elle, l'ancien tuteur de Pierre Henri, dont j'ai si souvent parlé à madame ; celui qui l'a aidé, après Dieu, à être un honnête homme. Quand la mère Madeleine est morte, il menait le deuil, et quand nous nous sommes mariés il m'a conduite à l'église ! Dans le bonheur comme dans la tristesse il a toujours été avec nous ! Madame comprend qu'il a droit de continuer son métier de protecteur près de nos enfants

— Vous avez raison, dit madame Lefort, dont le visage avait repris sa sérénité ; les nouveaux amis ne doivent point usurper la place des anciens ; M. Mauricet, nous nommerons ensemble.

—Eh bien ! s'écria le maître maçon, touché jusqu'aux larmes, je dis que vous êtes une brave femme ! Mais vous n'aurez pas de regret à ce que vous faites, car on a beau être dans sa grume, comme le bois pas équarri, on sait ce qu'on doit

**13**

aux gens bien nés. Madame n'a rien à craindre, elle sera contente de moi.

La voisine sourit et changea de conversation. Elle se montra très-polie avec Mauricet, qui, après son départ, déclara que c'était *la reine des grosses gens*. Quant à nous, il serra nos mains dans les siennes avec une expression de reconnaissance qui m'attendrit.

— Merci, les amis, nous dit-il d'une voix émue, je vivrais cent ans, voyez-vous, que je n'oublierais jamais cette heure! Vous n'avez pas eu honte de votre vieux camarade, et vous avez risqué pour lui de perdre une riche protection; c'est brave ça, et c'est juste! Dieu vous en récompensera.

Le baptême se fit à la satisfaction de tout le monde. Mauricet eut des manières de préfet, et madame Lefort ne se montra point trop gênée d'un semblable parrain.

Après quelques jours passés avec nous, le maître compagnon nous quitta content de tout le monde. On pleura un peu en se disant adieu; Mauricet n'espérait plus nous voir.

— Nous revoilà séparés jusqu'au jugement dernier, dit-il; mais n'importe, la dernière entrevue aura été bonne. Ce n'est pas chose si commune, savez-vous, que de se retrcuver après une longue absence et de se quitter sans avoir rien à se reprocher l'un à l'autre. Vous êtes sur la grande route de la fortune, les enfants; ne forcez point les relais et continuez votre chemin, en prenant garde aux ornières. Je vous laisse là une petite chrétienne qui me rappellera à votre souvenir. Et toi, Pierre Henri, qui écris comme on parle, ne fais plus le fainéant, *peins*-moi, de temps en temps, une lettre où tu me diras l'état du ménage; puisque le diable a inventé l'écriture, faut bien s'en servir.

Il nous embrassa encore, revint au berceau de sa filleule pour la regarder dormir, puis partit...

L'espèce de pressentiment qu'il avait eu en nous quittant devait se réaliser; je ne l'ai jamais revu, bien qu'il ait encore vécu, Dieu merci! de longues années. De temps en temps seulement des ouvriers m'apportaient verbalement de ses nouvelles avec de petits présents pour Marianne. Le bon compagnon était, disaient-ils, toujours aussi brave à l'ouvrage et aussi chaud pour ses amis; l'entrepreneur,

qui avait vu à qui il avait affaire, le laissait maître
dans sa partie. Mauricet vieillit ainsi heureux et
utile, sans jamais croire qu'il eût pu mériter une
meilleure position; c'était, comme on dit, un cœur
simple et qui n'avait pas l'idée de refaire les partages
après le bon Dieu. Il y a un an seulement que j'appris subitement sa maladie et sa fin. Il était venu au
chantier moins vaillant que d'ordinaire, avait reçu
une pluie d'orage sans vouloir quitter, et, pris de
la fièvre dès le soir, il avait rendu le dernier soupir
le surlendemain. Soldat du travail, il était mort,
pour ainsi dire, sur son champ de bataille !

Ce fut pour nous une rude nouvelle! Geneviève
l'aimait d'une amitié spéciale; elle fit prendre le
deuil à la petite Marianne. C'était le dernier témoin
de notre jeunesse qui s'en allait; notre dernier
parent de choix qu'on mettait sous terre ! Maintenant notre famille commençait à nous; nos enfants
allaient peu à peu nous remplacer; nous en-
trions dans la descente, au bas de laquelle s'ouvre
la porte du cimetière! Heureusement qu'on ne
s'arrête point à ces idées! Les hommes vivent
comme le monde va, sous la volonté de Dieu!

C'est à lui de penser et à nous de nous soumettre.

Jacques et Marianne grandissaient sans nous donner de souci et sans en prendre ; c'était la bonne humeur de la maison. Le garçon tournait déjà autour des ouvriers et apprenait en regardant ; la petite fille suivait partout sa mère, comme si elle avait besoin, pour vivre, de la voir, de lui rire et de l'embrasser. Cependant madame Lefort nous l'enlevait par instants. Elle-même avait une fille qui s'était prise de vive amitié pour Marianne et ne voulait jouer ou travailler qu'avec elle ; Marianne était son encouragement et sa récompense. Insensiblement notre maison devint comme une dépendance de celle de la voisine. Une porte de communication, qui donnait autrefois du parc dans mon chantier, avait été rouverte. Quand mademoiselle Caroline n'était point chez nous, Marianne était chez elle. Tous les jours, l'enfant revenait avec quelques nouveaux présents : c'étaient des fruits, des jouets, des bijoux même ! Plus d'un nous jalousait ces générosités ; quant à moi, j'en avais de la reconnaissance, mais seulement à cause de l'amitié qu'elles prouvaient ; j'étais plus heureux des caresses de la petite voisine que de ses cadeaux.

Pour dire la vérité, madame Lefort n'y mettait aucune mauvaise fierté. Notre enfant était toujours traitée comme l'égale de sa fille, à qui même souvent elle l'offrait en exemple. Tout alla le mieux du monde jusqu'au moment où M. Lefort accepta des fonctions qui le forcèrent de retourner à Paris. En apprenant qu'elle allait quitter Marianne, sa fille jeta les hauts cris; on eut beau lui faire des promesses, rien ne pouvait la consoler. Enfin, la veille du départ, madame Lefort arriva pendant notre souper; elle était suivie d'une femme de chambre qui repartit après avoir déposé un carton. Notre voisine chercha un prétexte pour faire sortir les enfants, et quand nous fûmes seuls :

— Je viens causer avec vous de choses sérieuses, dit-elle; ne commencez point par vous récrier, et écoutez-moi avec tout votre bon cœur et toute votre raison. Nous le lui promîmes.

— Je n'ai pas besoin de vous parler de l'attachement de Caroline pour Marianne, continua-t-elle; vous en avez été témoin et vous avez pu en juger. Ma fille s'est accoutumée à vivre de moitié avec la

vôtre; elle en a besoin pour apprendre et pour
être heureuse; depuis qu'elle craint d'en être sé-
parée, elle n'a plus de goût à rien; elle refuse tout
travail et tout plaisir; on dirait qu'on lui a ôté une
portion de sa vie.

Geneviève l'interrompit pour exprimer sa reconnaissance d'une pareille affection.

— S'il est vrai que vous lui en sachiez gré, reprit madame Lefort, vous pouvez le lui prouver;
votre fille est pour Caroline une sœur de choix;
permettez qu'elle devienne une sœur véritable.

— Comment cela? demandai-je.

— En nous la confiant, répliqua-t-elle.

Et, comme elle vit que nous faisions tous deux
un mouvement, elle s'écria :

— Ah ! rappelez-vous votre promesse; vous vous
êtes engagés à m'écouter jusqu'au bout. Je ne
viens point vous proposer d'arracher Marianne à
votre amitié, mais seulement de lui laisser accepter
la nôtre. Il ne s'agit pas de lui ôter sa famille;
nous voulons lui en donner une seconde. J'aurai un
enfant de plus sans que vous en ayez un de moins;
car tous vos droits vous resteront, et votre fille

vous reviendra aussi souvent que vous le voudrez.

Geneviève et moi nous prîmes la parole en même temps pour élever des objections.

— Attendez, interrompit de nouveau madame Lefort; il faut me laisser tout dire. Ce que vous voulez avant tout, n'est-il pas vrai, c'est le bonheur de votre enfant; votre plus cher souhait est de lui assurer un avenir tranquille. Eh bien! je m'en charge! Non-seulement Marianne recevra la même éducation que ma fille, et partagera tous ses divertissements, mais je m'engage à assurer sa position, à la doter! Je n'ai qu'une fille, et je suis assez riche pour me donner ce plaisir.

La proposition était si extraordinaire, si inattendue, que nous en restâmes tout troublés ; elle s'en aperçut et se leva.

— Réfléchissez, dit-elle; je ne veux pas vous surprendre; demain vous me donnerez votre réponse, je prendrai alors des mesures pour que mes promesses deviennent un engagement écrit et formel.

Geneviève lui saisit la main, et voulut dire combien elle était touchée de tant de bonté.

— Ne me remerciez pas, continua madame Lefort ; ce que je fais est pour ma fille, bien plus que pour la vôtre ; en lui acquérant une compagne dévouée, je l'enrichis. Vous trouverez dans ce carton un des habillements de Caroline ; il est destiné à sa sœur d'adoption. Je sens ce que cette explication a d'émouvant pour vous ; moi-même, voyez, j'ai peine à ne pas pleurer : aussi, je désire éviter un second entretien sur ce sujet. Si vous vous décidez à accepter mes propositions, conduisez-moi demain Marianne avec son nouveau costume, ce sera une preuve que Caroline peut la regarder comme sa sœur, sinon... épargnez à ma pauvre enfant et à moi-même le chagrin des adieux.

A ces mots, elle nous salua de la main et sortit. J'étais resté immobile devant la porte, le front baissé, les bras pendants. Geneviève tomba sur une chaise, se couvrit la figure de son tablier et se mit à sangloter. Nous demeurâmes ainsi longtemps sans nous rien dire, mais nous comprenant par notre silence. Le même combat se faisait dans nos cœurs. Malgré ce qu'avait pu dire madame Lefort, nous sentions bien qu'en lui confiant Ma-

13.

rianne nous renoncions à la meilleure part de nos
droits, que l'enfant changeait de famille et que
nous ne pouvions plus espérer que la seconde place
dans son attachement; mais les avantages propo-
sés étaient sérieux. Quelque prospère que fût,
pour le moment, ma position, je savais, par expérience, que d'une heure à l'autre tout pouvait
changer. Une faillite n'avait qu'à compromettre
mon crédit, une maladie qu'à déranger mes affaires, ma mort qu'à exposer ceux qui survivraient
à la pauvreté ! Ce que nous offrait madame Lefort
était pénible pour Geneviève et pour moi, mais
profitable à Marianne. Si, en songeant à nous, il
était tout simple de refuser, en ne s'occupant que
de notre fille, il était peut-être prudent de consentir. Cette dernière idée finit par dominer. Après
tout, les parents vivent pour leurs enfants, non
pour eux-mêmes ! Chacun de nous avait fait ces réflexions de son côté, et, quand nous pûmes causer,
nous étions arrivés tous deux à la même pensée.
Geneviève pleurait ; bien que je ne fusse guère plus
vaillant, je tâchai de la raffermir.

— Allons, du calme ! lui dis-je en parlant bas

de peur de faire comme elle ; il ne s'agit pas de s'amollir, mais de faire son devoir. Pourquoi s'affliger, si notre enfant doit être heureuse ? Remercions plutôt Dieu de nous donner l'occasion d'un sacrifice à son profit ; c'est preuve qu'il nous estime et qu'il nous aime.

Cependant je ne dormis guère cette nuit, et je me levai le lendemain au point du jour ; Geneviève était déjà debout, préparant les habits apportés la veille par madame Lefort. Elle ne fit aucune plainte, n'exprima aucun regret ; c'était une brave nature, qui ne remettait jamais en question ce qu'elle croyait nécessaire. Quand Marianne se réveilla, elle commença à lui revêtir en silence son nouveau costume. La petite fille parut d'abord surprise : elle voulait savoir pourquoi on lui donnait ces beaux habits de demoiselle ; mais sa mère, qui étouffait ses sanglots, ne pouvait répondre. L'étonnement de Marianne fit bientôt place à l'admiration ; elle poussait des cris de joie à chaque nouveau détail de toilette. Espérant tempérer un peu ces transports, je lui dis qu'elle allait nous quitter et partir avec madame Lefort ; mais cette nouvelle la laissa presque indifférente. Geneviève me lança un triste regard. L'enfant continuait elle-même sa toilette et racontait tout haut ses espérances : elle aurait une place dans la calèche découverte de madame Lefort ; toutes les petites filles du village la verraient dans son nouveau costume ; on allait la prendre pour une demoiselle ! Et comme sa mère, qui venait d'achever, voulut la serrer une dernière fois dans ses bras, elle se dégagea en l'avertissant de ne point friper sa collerette.

Geneviève poussa un faible cri et fondit en larmes. J'avais moi-même tressailli ; un rideau venait de se déchirer devant mes yeux ; je pris l'enfant par la main, je la fis entrer vivement dans la pièce voisine, et je revins vers la mère qui continuait à pleurer.

— Écoute, lui dis-je à demi-voix, nous nous sommes décidés à donner l'enfant dans son intérêt ; mais il faut savoir si, en voulant lui être utile, nous n'allons pas lui faire du mal !

— Ah ! tu as donc vu... comme moi !... bégaya Geneviève.

— J'ai vu, repris-je, que le bel habit lui faisait

oublier qu'elle allait vivre loin de nous, et que la vanité lui étouffait déjà le cœur.

— Elle aime mieux sa toilette que mes baisers ! dit la mère, en redoublant de larmes.

— Et nous ne faisons que commencer ! ajoutai-je. On peut à toute force se priver de l'enfant qu'on aime, mais non pas consentir à sa corruption. Je ne veux pas que Marianne devienne plus riche, si c'est à condition de devenir plus mauvaise. Hier, nous n'avions vu qu'un côté de la chose, celui de l'intérêt ; il y en a un autre plus grave, celui de la moralité. En vivant comme une demoiselle, l'enfant oubliera bien vite d'où elle vient ; qui sait si elle n'arrivera pas à en avoir honte ? Cela ne peut pas être, cela ne sera pas ! Va lui ôter son costume, Geneviève, et reste sa mère, afin qu'elle reste digne d'être ta fille.

La pauvre femme se jeta dans mes bras, et courut déshabiller la petite. Nous laissâmes partir madame Lefort sans lui faire d'adieux, ainsi qu'elle nous en avait priés ; mais j'écrivis pour lui expliquer le mieux possible ce qui nous était arrivé. Elle ne répondit rien, et nous n'en entendîmes plus parler : elle n'avait pu, sans doute, nous pardonner notre refus.

Cependant l'architecte auquel je devais ma position à Montmorency me continuait sa bonne volonté. Il me donnait tous les travaux dont il pouvait disposer, et ne négligeait aucune occasion d'accroître mes bénéfices. Je le regardais comme le véritable auteur de ma réussite, et je ne souhaitais rien tant que de le voir prospérer. Par malheur, c'était un homme que le plaisir entraînait. Confiant dans sa science et son activité, il croyait pouvoir faire face à tout, et ne comptait jamais avec ses fantaisies. L'habitation d'été qu'il avait construite était devenue le rendez-vous d'une société brillante. Ce n'étaient que fêtes et festins, sans parler des équipages et du jeu. Je m'aperçus bientôt que ses affaires s'embarrassaient : il faisait attendre les paiements, demandait des avances, acceptait toutes les entreprises. Son crédit en souffrit d'abord, puis sa réputation. On parlait, à demi-voix, d'états de frais grossis, de pots-de-vin reçus ; mais je repoussais ces accusations comme des calomnies. Pour ma part, j'avais toujours trouvé M. Dupré facile en affaires, mais loyal.

Une compagnie parisienne lui avait confié, depuis deux années, la direction d'une briqueterie et
de carrières dont l'exploitation avait pris, grâce à
son activité, de très-grandes proportions. Cependant l'entreprise, prospère en apparence, n'avait
réalisé jusqu'alors aucun bénéfice : les intéressés
supposèrent que les absences fréquentes et forcées
de M. Dupré favorisaient l'infidélité de quelque
employé inférieur : ils pensèrent qu'une surveil-
lance de détail était indispensable, et me la firent
proposer. Avant d'accepter, je voulus consulter
M. Dupré lui-même : il parut embarrassé ; mais,
après avoir hésité quelques instants :

— Si ce n'est Pierre Henri, ce sera quelque autre,
dit-il, comme s'il se parlait à lui-même ; j'aime encore mieux avoir affaire à une connaissance qu'à
un étranger.

Il m'engagea donc à accepter, mais en me con-
seillant de ne point me tourmenter outre mesure,
de laisser les choses suivre leur cours, et, dans
tous les cas, de ne rien faire sans l'avertir.

J'entrai aussitôt en fonctions. Les exploitations

me parurent en excellent train, bien montées et vivement conduites. En voyant l'organisation de l'affaire, je ne pouvais comprendre qu'elle n'eût point donné de résultats plus satisfaisants. La curiosité m'engagea d'abord à en chercher la cause, puis la probité m'obligea à poursuivre. Dès le premier examen, j'avais reconnu des détournements considérables. Je réussis à en dresser la liste et à en apprécier la valeur : ils montaient à une somme d'environ vingt mille francs ! Tourmenté de ma triste découverte, j'allai voir M. Dupré, à qui je la communiquai. Au premier mot, il fit une exclamation : je crus qu'il doutait, et je lui mis sous les yeux toutes les preuves. Quand j'eus achevé, il me demanda si j'avais quelque soupçon sur les personnes ; je répondis que je n'en avais aucun, la chose s'étant passée avant mon entrée dans l'affaire.

— Alors, n'en parle à qui que ce soit au monde ! dit-il vivement ; fais comme si tu ignorais tout ; rappelle-toi que tu n'as rien vu.

Je levai les yeux, stupéfait. Il était très-pâle, et ses mains tremblaient. Un affreux trait de lumière me traversa l'esprit; je reculai en le regardant. Il porta un poing à son front avec désespoir... Je ne pus retenir un cri.

— Tais-toi, malheureux! reprit-il d'un ton qui me fit peur; ce n'est qu'une irrégularité momentanée... mes affaires se rétabliront, et je dédommagerai les intéressés; mais songe que la moindre indiscrétion peut me perdre!

Il m'expliqua alors longuement les embarras dans lesquels il s'était trouvé, me développa tous ses plans, et me fit la liste de ses ressources. Je l'écoutais, mais sans entendre; j'étais atterré. Je ne repris ma présence d'esprit que lorsqu'il me demanda de continuer *à ne point regarder* pendant quelques semaines. Le sentiment de ma responsabilité me revint alors tout entier, et je compris ce que ma situation avait d'affreux.

— Excusez-moi, repris-je en balbutiant ; je puis n'avoir rien vu de ce qui était confié à d'autres, mais non pas de ce qui a été mis sous ma garde ; à partir d'aujourd'hui, j'abandonne ma place de surveillant.

— Pour qu'on m'en donne un autre qui pourra

faire les mêmes découvertes et qui me tiendra à sa merci, s'écria l'architecte amèrement ; j'espérais vous trouver plus de complaisance, Pierre Henri, et surtout plus de mémoire !...

— Ah ! ne croyez pas que j'aie rien oublié, monsieur! m'écriai-je, remué jusqu'au fond du cœur ; je sais que je vous dois tout, et ce que j'ai vous appartient...

Il fit un mouvement.

— Ne prenez pas ce que je dis pour des mots, ajoutai-je plus fort ; en réunissant mes ressources, je puis avoir dans quelques jours, onze mille francs. Au nom de Dieu ! prenez-les, tâchez de vous procurer le reste, et acquittez-vous !

J'avais les mains jointes ; M. Dupré resta quelque temps sans répondre ; lui-même était très-agité ; enfin il me dit avec abattement :

— C'est impossible..... Je vous remercie, Pierre Henri, mais il est trop tard ; je vous ruinerais sans me sauver ; vous ne pouvez savoir tout...

Il s'arrêta. Je n'osais le regarder, et je ne pouvais parler ; il reprit, après un silence :

— Faites ce que vous vouliez..... donnez votre

démission…. Tout ce que je vous demande, c'est le silence sur ce que vous n'auriez point dû connaître.

Il me congédia d'un geste, et je sortis tout hors de moi.

Ce fut environ un mois plus tard que l'on me proposa la grande entreprise qui devait me conduire en Bourgogne. Ce qui venait de se passer avec M. Dupré me décida à accepter. Sa vue me rendait malheureux, et le secret dont j'étais dépositaire me faisait trembler; en m'éloignant, il me sembla que je le laissais derrière moi. Malheureusement, d'autres devaient le connaître : j'appris peu après que tout avait été découvert, et qu'à l'idée d'un déshonneur public, mon ancien patron avait perdu la tête et s'était donné la mort.

Ici le mémorial de Pierre Henri était interrompu. Au milieu de copies d'actes, de mémoires de frais et de notes d'affaires se trouvaient pourtant plusieurs pages copiées, çà et là, sans indication des sources ; mais au haut desquelles le maître maçon avait écrit : POUR MES ENFANTS ! C'étaient des réflexions morales ou des enseignements appropriés à leur éducation.

# XIV

Notes mises pour les enfants de Pierre Henri. — Ce que la création dit aux hommes. — La mère de Washington. — Le tambour. — Les airs rustiques. — L'avocat et le paysan.

### PREMIÈRE NOTE.

*Ce que la création dit aux hommes.* — On sait que la plupart des essais tentés pour donner aux Indiens de l'Amérique du Nord le goût de l'agriculture avec les habitudes d'un établissement stable, sont restés incomplets ou infructueux. Les jésuites français au Canada et les missionnaires anglais aux États-Unis ont vainement formé, à plusieurs reprises, des villages de Peaux-Rouges : l'humeur vagabonde qui semble inhérente à leur race, et l'horreur pour tout travail suivi, ont toujours dispersé ces colonies naissantes. A peine si quelques hameaux indiens se sont maintenus sur cet immense continent ; encore les habitants n'y ont-ils point renoncé à la vie des forêts; souvent absents pour la chasse ou pour des excursions sans but, ils laissent aux femmes le soin de cultiver et de soigner le bétail.

Outre les instincts, pour ainsi dire héréditaires, qui entraînent les Peaux-Rouges vers la vie sauvage, le préjugé, qui rend le travail honteux pour l'homme, entretient chez eux ces déplorables habitudes. L'Indien qui suit la tradition des ancêtres ne connaît que deux occupations dignes de lui, la chasse et la guerre ; tout autre emploi de ses forces est une sorte de dégradation.

Cependant il existe des exceptions individuelles. Un missionnaire américain, Heckewelder, qui a publié un livre sur les *Mœurs et coutumes des Indiens*, raconte qu'il en a connu un dont l'activité soute-

nue avait réussi à créer une habitation abondam-
ment fournie de tous les objets nécessaires à la vie,
et que l'on aurait pu comparer à celle d'un petit-
fermier américain. Comme il lui témoignait un
jour son admiration et son étonnement, l'Indien
lui dit :

— Lorsque j'étais jeune, je passais les journées à
ne rien faire, comme les autres Peaux-Rouges, qui
disent que le travail est bon seulement pour
les nègres et pour les blancs ; mais un jour que je
m'étais assis sur les bords du Susquehannah, je fus
frappé de voir les *meechyahngus* (lunes de mer) ras-
sembler de petites pierres pour former un entou-
rage et déposer leur frai. J'allumai ma pipe et continuai à les regarder, lorsqu'un petit oiseau se mit
à chanter. Je tournai la tête de son côté, et je le vis
travaillant avec sa femelle à faire son nid, tout en
chantant. J'oubliai la chasse, et je me mis à réfléchir. Je voyais les poissons travailler gaiement dans
l'eau, et les oiseaux dans l'air; et, me regardant,
je vis que j'avais deux grands bras au bout des-
quels étaient des mains que je pouvais ouvrir et
fermer à volonté; que j'avais un corps robuste

soutenu par deux fortes jambes. « Est-il possible, me
dis-je, qu'ainsi formé j'aie été créé pour vivre dans
l'oisiveté, tandis que les oiseaux et les poissons,
qui n'ont que leur bouche, travaillent joyeuse-
ment sans qu'on le leur dise ! Le Grand-Esprit n'a-
vait-il donc aucun objet en vue quand il m'a donné
ces membres? Cela ne peut être. » Depuis j'ai élevé
une cabane, cultivé du maïs, et tandis que les autres passent leur temps à danser et souffrent de la
faim, je vis dans l'abondance. J'ai des chevaux, des
vaches, des cochons, de la volaille, et je suis heureux. Vous voyez, mon ami, que, pour apprendre
à réfléchir et à travailler, il suffit *d'écouter ce que*
*la création dit aux Peaux-Rouges comme aux vi-*
*sages pâles.*

### DEUXIÈME NOTE.

*Le tambour.* — Les hommes ne cherchent malheureusement les leçons de l'expérience que dans
les actes importants qui intéressent leur fortune ou
leur honneur ; ils négligent les mille enseignements qui naissent autour d'eux des faits les plus
vulgaires. Engagés sur cette route difficile de la

vie, ils ne s'efforcent point de reconnaître la bonne direction par les fossés ou les buissons; il leur faut des rochers ou de grands arbres ! Mais ceux-ci ne se montrent que de loin en loin, tandis que les autres se retrouvent à chaque pas; le tout est de les voir et de les comprendre.

Je faisais hier cette réflexion en entendant le tambour d'un enfant.

C'est le fils d'un ami qui a tous les charmes de ses cinq ans; la santé qui fleurit, la joie qui vous égaie, les caresses qui vous attendrissent. Je l'ai tenu dans mes bras le jour où il est né, je l'ai vu grandir, et je dirais que je l'aime comme un fils si je ne savais pas ce que c'est que d'être père.

L'autre jour, je l'ai trouvé arrêté devant une boutique de jouets, dans l'extase de la convoitise. Je l'ai pris par la main, je lui ait fait faire le tour de l'étalage, et je lui ai dit de choisir. Imprudente permission ! après une courte incertitude, l'enfant a choisi un tambour !

Depuis, je l'entends du soir au matin sous ma fenêtre, essayant toutes les *batteries*. Si je commence à lire, il m'accompagne par un rappel; si je veux penser, il me fait entendre le pas de charge ; si je cause, il m'étourdit en battant la retraite. Impossible de compter sur un instant de repos ! à toute heure et par tous les temps, l'apprenti musicien est là, frappant sur sa peau d'âne. Tout le monde s'impatiente, et moi, qui m'impatiente plus que tout le monde, je n'ose rien dire, car je me sens la cause première de tout le mal : *j'ai acheté le tambour!* Que de gens en font autant chaque jour, et préparent eux-mêmes ce qu'ils doivent maudire plus tard!

Vous d'abord qui gouvernez, que ce soit une maison ou un empire, et qui engagez ceux qui vous obéissent dans la voie des gloires stériles, en leur enseignant à faire du bruit plutôt qu'à être heureux!

Vous qui fournissez à vos ennemis un prétexte d'accusation qu'ils vont faire retentir partout contre votre nom !

Vous qui présentez à une imagination ardente vaines espérances dont elle vous étourdira sans sse!

Vous qui arrachez les paisibles à leur repos pour les lancer dans le tumulte de l'action!

14

Vous dont la plume distribue, à l'aventure, l'éloge ou le blâme, sans savoir ce qu'il doit en revenir aux autres et à vous-mêmes !

Ne faites-vous point tous pour les hommes ce que j'ai fait pour l'enfant ? *Ne leur donnez-vous point un tambour ?*

Son retentissement vous poursuivra longtemps et partout. Dieu veuille qu'il ne soit qu'un regret, jamais un remords !

Mais j'entends mon petit voisin qui pleure. Depuis deux jours son père avait voulu exiger de lui quelques heures de silence ; indocile à tous les avertissements, il a continué son bruit, et l'on vient de crever son tambour.

Éloquente leçon pour nous tous qui abusons du plaisir ou de la renommée. A la longue, la constance du sort se lasse, comme celle du père de l'enfant ; quand la rumeur de notre prospérité a importuné tout le monde, quelqu'un finit par faire justice, il frappe l'instrument de notre joie, le bruit s'éteint, et il ne nous reste plus qu'à pleurer le trésor perdu.

Console-toi, pauvre enfant ! ce que tu regrettes.

sera vite remplacé ; mais bientôt les épreuves deviendront plus sérieuses, et tu apprendras à tes dépens que *quiconque fait trop de bruit doit s'attendre à voir crever son tambour.*

### TROISIÈME NOTE.

*La mère de Washington.* — On a dit que « c'étaient surtout les mères qui préparaient les grands hommes; » et pour le prouver on a dressé la liste de tous les personnages illustres qui, depuis les Gracques, furent élevés par des femmes. Peut-être eût-il été plus exact d'étendre l'observation à tous les hommes, célèbres ou obscurs, et de déclarer que leur caractère, leur conduite, leurs aptitudes mêmes, dépendent, en grande partie, de l'éducation maternelle.

Recevant l'enfant à sa naissance, présidant à ses impressions premières et lui montrant, avant aucun autre, les chemins de la vie, la mère est, en réalité, une institutrice toute-puissante qui décide des principes et des habitudes. Si elle transmet, le plus souvent, à ses fils son tempérament et ses traits, elle ne leur communique pas moins la physionomie de son âme. Il semble que les germes, bons ou mauvais, conservés au-dedans d'elle-même, se développent plus librement dans l'enfant élevé par ses soins, et c'est surtout dans ce sens qu'il est sa récompense ou son châtiment.

Parmi les mères qui ont pu regarder leurs fils comme la couronne de leur vie, celle de Washington occupe certainement une des premières places. Appartenant à cette vieille race virginienne que sa piété simple, sa probité et sa persévérance laborieuse avaient toujours distinguée, elle éleva son fils Georges dans les habitudes stoïques du travail et du dévouement. Lorsque ce dernier eut atteint l'âge de quinze ans, il voulut entrer dans la marine royale ; mais elle s'y opposa en déclarant qu'il devait vivre parmi ses concitoyens, travailler avec eux à transformer le pays, et mettre au service de ce dernier toutes les forces et toute l'intelligence qu'il avait reçues de Dieu. Cette résolution hâta peut-être l'affranchissement de l'Amérique en lui conservant le grand homme qui devait l'assurer. S'il fût devenu officier anglais, Washington eût

sans doute hésité davantage : partagé entre son
serment militaire et son patriotisme, il eût plus
difficilement pris les armes contre l'Angleterre, et
eût trouvé chez ses concitoyens moins de confiance. Ce fait proteste en même temps contre l'erreur des biographes qui ont répété, l'un après
l'autre, que la mère de Washington appartenait
au parti *loyaliste,* et qu'elle fit tous ses efforts pour
y retenir son fils. Les historiens américains ont
depuis longtemps fait justice de ce mensonge inventé dans l'intérêt du dramatique par des compi-
lateurs plus occupés de l'effet que de la vérité.
La mère de Georges s'effraya, il est vrai, de la
lutte dans laquelle son fils s'engageait; elle crai-
gnait que l'inégalité des ressources ne compro-
mît la cause américaine; mais elle ne tenta rien
pour empêcher Washington d'accomplir son devoir.

Et comment l'aurait-elle pu quand sa vie entière
avait été employée à le lui faire aimer? Elle vit
Georges se mettre à la tête des insurgents avec inquiétude, mais sans faiblesse. Lorsqu'il essuya ses
premiers revers, on ne l'entendit ni se décourager

ni se plaindre; quand vint le jour des triomphes, elle conserva le même calme.

Les Anglais, maîtres du New-Jersey, s'étaient éparpillés dans cette province, Washington, qui campait de l'autre côté de la Delaware, dit à ses officiers :

— Nos ennemis ont trop étendu leurs ailes; il est temps de les leur rogner.

Et, traversant le fleuve, il remporta une victoire qui sauva l'Union américaine. Cette nouvelle fut apportée à sa mère par une foule d'amis qui accouraient pour la féliciter. Elle se réjouit avec eux *du bonheur de la patrie;* et, comme les éloges en l'honneur de Washington allaient toujours s'exaltant :

— Ceci est de la flatterie, Messieurs, dit-elle en redevenant sérieuse ; Georges se rappellera, j'espère, les leçons que je lui ai données; il n'oubliera pas qu'il est tout simplement un citoyen de l'Union que Dieu a fait plus heureux que les autres !

Lorsqu'elle sut la prise de Cornwallis, elle ne songea point à la gloire de son fils; mais elle s'écria :

— Dieu soit loué ! notre patrie est libre, et nous allons avoir la paix !

Un riche mariage avait fait de Washington un des propriétaires les plus opulents de l'Union ; il voulut bien des fois décider sa mère à venir demeurer dans sa belle habitation de *Mont-Vernon;* mais elle demeura toujours à Frédéricksburg, surveillant la petite ferme qui lui était restée pour douaire. A l'âge de quatre-vingt-deux ans, on la voyait encore monter à cheval tous les matins, parcourir ses champs et donner des ordres. Ses revenus étaient des plus modestes, mais administrés avec tant d'économie, qu'ils lui permettaient de secourir un grand nombre de malheureux. Jamais, dans ces temps de trouble, un compatriote ruiné par la guerre ne sollicita en vain sa générosité : aussi avait-elle coutume de dire :

— La charité trouve toujours quelque chose dans les bourses qui ne sont pas percées.

Une maladie cruelle (un cancer à l'estomac) l'obligea enfin à garder la maison ; mais là encore elle s'occupait de l'administration de ses affaires.

Le colonel Fielding-Lewis, son gendre, lui proposa un jour de s'en charger.

— Merci, Fielding, lui dit-elle ; je veux bien que vous teniez mes livres en règle, car vos yeux sont meilleurs que les miens ; mais pour le reste, je puis encore y veiller.

Elle fut près de sept ans sans voir son fils Georges, toujours retenu à la guerre ; enfin, lorsque les armées combinées furent de retour à New-York, Washington put prendre la route de Frédéricksburg. Il envoya en avant un courrier pour faire demander à sa mère comment elle voulait le recevoir.

— Seul, répondit la mère.

Et le commandant en chef des troupes américaines, le maréchal de France, le libérateur de sa patrie, le héros du siècle, se rendit à pied à la maison de celle qu'il regardait, selon son expression, « non-seulement comme l'auteur de ses jours, mais comme l'auteur de sa renommée. »

Mistriss Washington reçut son fils avec une tendresse expansive ; mais ne lui parla point de la gloire qu'il venait d'acquérir ; ce qu'il avait fait lui semblait tout simple.

— Je lui ai enseigné la vertu, disait-elle, la gloire n'est qu'une conséquence !

Elle lui parla de ses vieux amis en l'appelant par son petit nom d'enfance, et ne s'informa pas une seule fois des honneurs rendus partout au sauveur de l'Union. Cependant lorsqu'on vint l'inviter de se rendre le soir au bal donné par ses compatriotes en l'honneur des vainqueurs de Cornwallis, elle l'accepta.

— Les jours de danse sont un peu loin de moi, dit-elle, mais je serai heureuse de prendre part à la joie publique.

Les officiers français, qui faisaient partie de l'armée libératrice, avaient une grande impatience de voir cette femme extraordinaire. Elle parut, vers le milieu du bal, vêtue du vieux costume des Virginiennes et, appuyée sur le bras de Washington, elle reçut les compliments de tout le monde avec bonté, fit quelques tours, puis se retira. Les Français restèrent confondus devant cette force et cette simplicité qui « la rendaient supérieure à sa propre grandeur. » En la regardant sortir avec Washington, l'un d'eux s'écria :

— De telles mères font comprendre de tels enfants.

Avant son retour en Europe, Lafayette se rendit
à Frédéricksburg pour voir la mère de son général, « conduit par un des petits-fils de mistriss
Washington, dit un biographe américain, ils approchaient de la maison lorsque le jeune homme
s'écria : — Voici ma grand'maman ! Le marquis de
Lafayette aperçut alors la mère de son honorable
ami qui travaillait à son jardin. Le marquis parla
des heureux effets de la révolution, du glorieux
avenir qui s'offrait à l'Amérique régénérée, paya
son tribut d'amitié et d'admiration pour Washington ; mais à tous les éloges qu'il fit de celui-ci,
sa mère répondit simplement qu'elle n'était point
surprise de ce que Georges avait fait, parce qu'elle
l'avait toujours connu *vraiment bon !* » Ainsi cette
âme naïve avait compris que toute grande action
venait du cœur.

Lafayette ne quitta mistriss Washington qu'a-
près lui avoir demandé et avoir reçu sa bénédic-
tion, comme s'il se fût agi de sa propre mère.

Lorsque Washington eut été nommé président

de la nouvelle république, il vint voir sa mère

—Le peuple, lui dit-il, m'a choisi pour premier magistrat des États-Unis, et je viens vous faire mes adieux; dès que le temps de mes fonctions sera achevé, vous me reverrez dans la Virginie.

—Tu ne m'y trouveras plus! répondit sa mère; mais va, mon cher Georges, accomplis ta destinée, et que la grâce du ciel ne t'abandonne pas.

A ces mots, elle lui ouvrit ses bras : le président demeura longtemps le visage appuyé sur l'épaule de la vieille malade, dont les mains affaiblies caressaient sa tête. Il versait d'abondantes larmes, et ne pouvait s'arracher à ce suprême embrassement; ce fut l'héroïque mère qui reprit la première son calme et qui le congédia doucement.

Ses pressentiments ne l'avaient point trompée; elle mourut peu après, à l'âge de quatre-vingt-cinq ans. « Dans ses derniers jours, dit le biographe américain, mistriss Washington parla souvent de son *bon Georges*, jamais de l'illustre général. » Elle rendit le dernier soupir en recommandant à Dieu son fils et sa patrie.

La fermeté stoïque de cette femme remarquable

avait toujours été tempérée par la piété; elle trouvait dans sa croyance une source inépuisable de con-
solations, et ce tendre courage qui en avait fait une
*chrétienne de Sparte!* Chaque jour elle se retirait
dans la solitude des champs, et là, en présence de
la création, elle avait, selon ses expressions, un
entretien avec Dieu, et en revenait plus saine et
plus affermie.

QUATRIÈME NOTE (*pour ma fille*).

*Les airs rustiques.* — Les gens de la ferme se
demandent ce que fera Jenny, en se montrant de
l'œil la jeune fille qui vient des champs la faucille
sur l'épaule. Jenny elle-même ne pourrait le dire :
placée entre deux destinées, elle ne sait encore
que choisir.

Vers la montagne, sur l'escarpement revêtu d'un
maigre pâturage, est une pauvre cabane où de-
meurent sa marraine et Williams, le fils de la
bonne vieille. C'est là que celle qui a longtemps
remplacé sa mère voudrait la ramener. Bien souvent déjà elle l'a rappelée par ses messages, bien

souvent Williams est venu chercher sa réponse;
mais Jenny ne sait que résoudre. Quittera-t-elle
la grande ferme de Georges pour la petite chau-
mière où elle fut élevée? Échangera-t-elle les joies
de la richesse contre les angoisses de l'indigence?
Préférera-t-elle le pauvre ménétrier du village au
riche laboureur? Sera-t-elle la consolation de Williams ou le luxe de Georges?

La jeune fille hésite, et cependant son esprit in-
cline, à son insu, vers l'or et le plaisir. Elle com-
pare, dans sa pensée, ces belles plaines couvertes
de froment aux pentes rapides où l'épi de seigle
perce le sol pierreux! En comptant les génisses
dispersées au milieu des grandes herbes, elle se
rappelle les trois chèvres de sa marraine cherchant
quelques broussailles amères dans les fentes des
rochers; et quand son œil s'arrête sur les vastes
toits de la ferme dont les tuiles brillent au soleil,
sa mémoire lui fait revoir la petite hutte rongée de
mousse, qu'un vieux lierre enveloppe et semble
tenir suspendue au-dessus du ravin.

Où le bonheur sera-t-il donc plus facile, l'avenir
mieux abrité? De ces deux destinées, l'une semble

15

ne demander que la bonne volonté d'être heureux, tandis que l'autre réclame la patience, le dévoûment, le courage ! Rien que par obéissance à la raison, ne faudrait-il pas choisir la tâche la plus facile ?

Jenny en est là de ses réflexions quand elle arrive à la ferme. Sa faucille vient d'être suspendue au-dessus de la porte, près de celle de la sœur de Georges qui l'attend et l'accueille. Les deux jeunes filles causent à demi-voix, l'une gaie et caressante, l'autre troublée et incertaine.

Tout à coup un air connu se fait entendre. Elle tressaille et se retourne.

Arrivé silencieusement près du seuil, Williams a déposé son bâton, s'est assis sans rien dire, et là, sous les rayons du soleil couchant et son chien à ses pieds, il joue les airs de la montagne.

Jenny écoute, joyeuse d'abord, puis attendrie. A chacun de ces airs se rattache un souvenir ! Toutes les images du passé se réveillent successivement, comme des oiseaux endormis se redressent en gazouillant et en battant des ailes. Une main pendante et l'autre pensivement ramenée vers son

visage, elle assiste avec une émotion muette à cette
évocation magique des jeunes années.

D'abord elle se voit faible et timide, gravissant
les crêtes aiguës sous la conduite de Williams qui
la soutient, et arrachant d'une main tremblante,
pour l'unique vache de sa marraine, les touffes
d'herbes poussées dans les gerçures du rocher.

Puis elle a pris des forces ; elle peut suivre le
jeune garçon à la pâture. Il a sculpté pour elle le
bâton de coudrier qui lui servira de houlette ; il
allume le feu de bruyère où cuisent les châtaignes
qu'il est allé cueillir ; il dresse la hutte de ramée
qui l'abritera de la pluie et du soleil.

Oh ! combien de services rendus ! que de sacri-
fices devinés plus tard ! Comme la pauvreté du
fils et de la mère savait se faire opulente pour
l'orpheline ! La bague d'argent qu'elle a conservée ;
la croix d'or qu'elle sent sous sa main ; les plus
beaux rubans dont elle se pare aux jours de fête,
tout ne lui est-il pas venu d'eux ?

Et quand la maladie l'a frappée, que de veilles
pour la disputer à la mort ! quelles réjouissances
quand elle a guéri ! Cet air rustique, Williams l'a

joué la première fois qu'elle a pu venir s'asseoir
sous les sapins ! Cet autre lui rappelle la première
fête où ils ont dansé ensemble ; ce troisième, le retour des bergers de la montagne et la joie du jeune
homme en la revoyant ; tous, quelque scène touchante
chante dans laquelle la marraine et le fils lui ap-
paraissent comme des anges gardiens !

Oh ! joue, Williams ! car chacun de tes airs lui
fait mieux comprendre que les douces émotions ne
sont point celles que procure la richesse, mais la
bonne volonté ; joue encore, Williams ! car elle se
rappelle maintenant que depuis son enfance tu as
marché dans son ombre pour la protéger, et qu'elle
avait promis que tu ne la quitterais plus ; joue
toujours, Williams ! car voilà que des larmes cou-
lent sur ses joues enflammées ; les souvenirs du
cœur sont les plus forts, et demain tu ne partiras
point seul ; demain ta mère aura deux enfants !

### CINQUIÈME NOTE.

*Le paysan et l'avocat.* — Les villes ont leur indi-
vidualité comme les hommes : industrielles ou
maritimes, savantes ou frivoles, elles révèlent tou-

jours par leur physionomie la nature de leurs habitants. Traversez Rouen, Lyon, Brest, Strasbourg,
et regardez autour de vous ; tout ce qui frappera
vos yeux sera une révélation de goûts et d'habitudes ; l'histoire de chaque population se trouvera,
pour ainsi dire, écrite dans ses rues.

On est surtout frappé de cette vérité, lorsqu'on
visite Rennes. En voyant ses grands édifices à l'air
magistral, ses places magnifiques où l'herbe perce
les pavés, ses solitaires promenades que traversent
à peine, de loin en loin, quelques lecteurs pensifs,
on reconnaît sur-le-champ la capitale du vieux
duché breton, l'ancienne résidence du parlement,
la ville d'études où vient se former toute la jeunesse sérieuse de la province. Car ce qui domine
dans l'aspect de Rennes, c'est la gravité : la ville
entière est calme et sévère comme un tribunal : et,
en effet, c'est là que *demeure la loi !* Là se trouvent
son temple, ses grands prêtres et ses plus fervents
adorateurs. On y arrive des extrémités de la Bre-
tagne pour s'éclairer et demander conseil. Venir à
Rennes sans consulter, paraît aussi impossible à
un Breton, qu'il eût été impossible à un Grec de

passer près du temple de Delphes sans interroger la Pythonisse.

Cela était vrai vers la fin du dernier siècle comme aujourd'hui, et, surtout pour les paysans, race timide par expérience et habituée à prendre ses précautions.

Or donc, il arriva qu'un jour un fermier, nommé Bernard, étant venu à Rennes pour certain marché, s'avisa, une fois son affaire terminée, qu'il lui restait quelques heures de loisir, et qu'il ferait bien de les employer à consulter un avocat. On lui avait souvent parlé de M. Potier de la Germondaie, dont la réputation était si grande, que l'on croyait un procès gagné lorsqu'on pouvait s'appuyer de son opinion. Le paysan demanda son adresse, et se rendit chez lui, rue Saint-Georges.

Les clients étaient nombreux, et Bernard dut attendre longtemps ; enfin son tour arriva, et il fut introduit. M. Potier de la Germondaie lui fit signe de s'asseoir, posa ses lunettes sur le bureau et lui demanda ce qui l'amenait.

— Par ma foi ! Monsieur l'avocat, dit le fermier en tournant son chapeau, j'ai entendu dire tant de bien de vous que, comme je me trouvais tout porté à Rennes, j'ai voulu venir vous consulter afin de profiter de l'occasion.

— Je vous remercie de votre confiance, mon ami, dit M. de la Germondaie; mais vous avez, sans doute, quelque procès?

— Des procès? par exemple! je les ai en abomination, et jamais Pierre Bernard n'a eu un mot avec personne.

— Alors c'est une liquidation, un partage de famille?

— Faites excuse, Monsieur l'avocat, ma famille et moi nous n'avons jamais eu à faire de partage, vu que nous prenons à la même huche, comme on dit.

— Il s'agit donc de quelque contrat d'achat ou de vente?

— Ah bien oui! je ne suis pas assez riche pour acheter, ni assez pauvre pour revendre!

— Mais enfin que voulez-vous de moi? demanda le jurisconsulte étonné.

— Et bien! je vous l'ai dit, Monsieur l'avocat, reprit Bernard avec un gros rire embarrassé, je veux

une *consulte*... pour mon argent bien entendu... à
cause que je suis tout porté à Rennes et qu'il faut
profiter des occasions.

M. de la Germondaie sourit, prit une plume, du
papier et demanda au paysan son nom.

— Pierre Bernard, répondit celui-ci, heureux
enfin qu'on l'eût compris.

— Votre âge ?

— Quarante ans ou approchant.

— Votre profession.

— Ma profession ?... Ah ! oui, quoi, est-ce ce que
je fais ?... Je suis fermier.

L'avocat écrivit deux lignes, plia le papier et le
remit à son étrange client.

— C'est déjà fini ? s'écria Bernard ; et bien à la
bonne heure ; on n'a pas le temps de moisir,
comme dit cet autre. Combien donc est-ce que ça
vaut, la *consulte*, monsieur l'avocat ?

— Trois francs.

Bernard paya sans réclamation, salua du pied et
sortit enchanté d'avoir *profité de l'occasion*.

Lorsqu'il arriva chez lui, il était déjà quatre

heures, la route l'avait fatigué et il entra à la maison bien résolu à se reposer.

Cependant ses foins étaient coupés depuis deux jours et complétement fanés ; un des garçons vint demander s'il fallait les rentrer.

— Ce soir ? interrompit la fermière qui venait de rejoindre son mari ; ce serait grand péché de se mettre à l'ouvrage si tard, tandis que demain on pourra les ramasser sans se gêner.

Le garçon objecta que le temps pouvait changer, que les attelages étaient prêts et les bras sans emploi ; la fermière répondit que le vent se trouvait bien placé et que si l'on commençait la nuit viendrait tout interrompre. Bernard, qui écoutait les deux plaidoyers, ne savait à quoi se décider, lorsqu'il se rappela, tout à coup, le papier de l'avocat.

— Minute ! s'écria-t-il, j'ai là une *consulte ;* c'est d'un fameux, et elle m'a coûté trois francs : ça doit nous tirer d'embarras. Voyons, Thérèse, dis-nous ce qu'elle chante, toi qui lis toutes les écritures.

La fermière prit le papier et lut, en hésitant, ces deux lignes :

15.

*Ne remettez jamais au lendemain ce que vous pouvez faire le jour même.*

— Il y a cela ! s'écria Bernard, frappé de l'à-propos ; alors vite les charrettes, les filles, les garçons et rentrons le foin !

Sa femme voulut essayer encore quelques objections ; mais il déclara qu'on n'achetait pas une *consulte* trois francs pour n'en rien faire et qu'il fallait suivre l'avis de l'avocat. Lui-même donna l'exemple en se mettant à la tête des travailleurs et en ne rentrant qu'après avoir ramassé tous ses foins.

L'événement sembla vouloir prouver la sagesse de sa conduite, car le temps changea pendant la nuit, un orage inattendu éclata sur la vallée, et, le lendemain, quand le jour parut, on aperçut dans la prairie la rivière débordée qui entraînait les foins récemment coupés. La récolte de tous les fermiers voisins fut complétement anéantie ; Bernard seul n'avait rien perdu.

Cette première expérience lui donna une telle foi dans la consultation de l'avocat, qu'à partir de ce our il l'adopta pour règle de conduite et qu'il devint, grâce à son ordre et à sa diligence, un des plus riches fermiers du pays. Il n'oublia jamais, du reste, le service que lui avait rendu M. de la Germondaie, auquel il apportait tous les ans, par reconnaissance, une couple de ses plus beaux poulets, et il avait coutume de dire à ses voisins, lorsqu'on parlait des hommes de loi, « qu'après les commandements de Dieu et de l'Église, ce qu'il y avait de plus profitable au monde était la *consulte* d'un bon avocat.»

# XV

Dernier chapitre des confessions. — Lectures du fils Jacques. — Tentations. — Un piqueur homme de lettres.
— Conclusion.

Voilà bien longtemps que j'ai interrompu le journal de mes souvenirs. Les lignes écrites sur la dernière page ont eu le temps de blanchir, et moi j'ai
fait comme elles, sans m'en apercevoir. Les gros
murs sont encore solides, mais le bâtiment a perdu son air de jeunesse. Geneviève elle-même n'est
plus ce qu'elle était ; les rides lui viennent au coin

de l'œil. Heureusement qu'il lui reste ce qui fait
la gaîté du ménage : la bonne santé et le bon cœur.
D'ailleurs, si nous baissons, il y en a près de nous
qui montent : les enfants sont là et nous remplacent ; à cette heure, c'est pour eux que brille le
soleil. La vie ressemble à un bal : quand on est
trop vieux pour danser, on regarde les autres, et
leur joie vous rit dans le cœur.

Ceci est le mot de Geneviève. A chaque plaisir
perdu, elle se console avec les plaisirs de la fille et
du jeune gars. Leurs bonnes dents remplacent les
dents qui lui manquent, et leurs cheveux noirs
l'empêchent de voir ses cheveux gris. Les gens qui
vivent seuls ne connaissent jamais ce bonheur-là.
Le monde entier a l'air de décliner avec eux, et
tout ici-bas se termine à leur fosse. Mais pour celui
qui a une famille, rien ne finit, car tout recom-
mence ; les enfants le continuent jusqu'au jugement ! Je me suis quelquefois demandé, dans mes
mauvaises heures, quel profit on trouvait à bien
vivre ; maintenant il en est un, au moins, que je
connais, c'est de pouvoir impunément vieillir.
Jeune, il en coûte, par instants, de faire son devoir,

on trouve la tâche lourde et la journée longue ;
mais plus tard, quand l'âge a refroidi le sang, on
récolte ce qu'on a semé. Nos efforts nous sont
payés en bonne réputation, en aisance, en sécurité,
et notre bien-être lui-même devient comme un
certificat d'honneur.

Puis la famille est là qui bénéficie de notre
passé, qui reçoit en joie le revenu de toutes nos
vieilles misères ; n'y eût-il point d'autre récompense, celle-là serait suffisante, et, quoi que
Dieu eût exigé, nous pourrions le tenir quitte. Pour
ma part, je ne lui réclame rien. Voici les enfants
qui ont grandi sans malheur, qui nous aiment et
qui ont bonne espérance ; que demander de plus ?
Jacques était déjà le meilleur maître compagnon
du pays ; il vient de prouver qu'il ne serait pas le
plus mauvais entrepreneur. Hier on a posé le mai
sur le petit viaduc dont la construction lui était
confiée, et l'ingénieur, qui ne loue jamais qu'à la
dernière extrémité, a avoué que tout était bien.
Quant à Marianne, il y a plusieurs mois qu'elle
remplace sa mère à la blanchisserie. Geneviève
assure que tout va mieux depuis qu'elle s'en

mêle : les ouvrières chantent plus haut et n'en travaillent pas moins fort. Il n'y a que la jeunesse
pour savoir ainsi assaisonner le travail de gaîté !

Dieu soit béni de les avoir mis tous deux dans
la bonne route ! Un instant j'ai tremblé ; car eux
aussi ont eu leurs tentations, Jacques surtout, qui
a failli tourner par un autre chemin et nous échapper.

Ses études lui avaient donné le goût des livres,
et, tout jeune encore, ce qu'il pouvait ramasser
d'argent était pour les colporteurs de librairie.
Chaque année, il ajoutait une planche de sapin à
sa bibliothèque. La mère se plaignait bien quelquefois de la dépense, et moi du temps dérobé au
chantier pour lire ; mais l'un grondait bien bas et
l'autre pas bien haut, ce qui faisait que le gars ne
changeait rien à ses habitudes.

Au fait, je n'aurais guère eu la force de le blâ-
mer, moi qui avais toujours senti une sorte de vé-
nération pour le papier imprimé. Ces pages muet-
tes qui fixent la parole, qui la font retentir jusqu'au
bout du monde, qui transmettent à tous les idées
de chacun, me semblent avoir quelque chose de

sacré. Je ne puis voir déchirer le plus vieil almanach sans impatience, et je touche avec respect les
journaux roulés en cornet par l'épicier. Jacques
avait sans doute hérité de mes superstitions, car on
ne le trouvait jamais sans un livre dans sa poche
ou à la main. Le travail n'en allait -pas mieux !
Tandis que le gars lisait Racine, nos ouvriers
jouaient au bouchon ! Cependant, je prenais patience ; après tout, c'était la moindre des folies de
son âge. Je le laissais faire ses journées derrière les
buissons, couché sur l'herbe comme les anciens
bergers, ct se grisant de prose ou de vers. J'espérais qu'à la longue le goût lui en passerait ; mais,
loin de là, il se mit lui-même à écrire, et il y eut
bientôt, dans la maison, autant de manuscrits que
de volumes imprimés. Je fermai encore les yeux.
L'expérience m'avait appris que l'autorité faisait le
même effet, contre un goût, que le vent contre une
voile, et qu'au lieu de l'arrêter elle le poussait en
avant. Jacques s'aperçut de ma complicité, il en
profita. D'abord il s'était contenté de rapiner des
heures, comme les mauvais compagnons, ou de
faire des *lundis de bibliothèque ;* mais peu à peu il

abandonna le chantier, mit la truelle au croc, et s'enfonça dans les paperasses.

Geneviève avait toujours blâmé ma patience, en répétant que le gars courait à sa perte ; elle passa bientôt de la crainte à la désolation. J'avais essayé, à plusieurs reprises, des avertissements d'amitié dont Jacques avait d'abord tenu compte ; mais, peu à peu, il s'était déshabitué d'y prendre garde. Il ne rougissait plus de me laisser tout le travail, et ne paraissait même point se le reprocher. Évidemment, sa conscience commençait à avoir l'oreille dure. Je sentais la nécessité de m'expliquer ; mais encore fallait-il une circonstance propice.

Depuis quelques semaines, Jacques paraissait plus préoccupé que de coutume ; il avait écrit de longues lettres et semblait attendre une réponse. Elle arriva enfin, avec le timbre de Paris. En la recevant, il ne put retenir une exclamation ; il l'ouvrit précipitamment, regarda la signature, et s'enfuit pour la lire. Je rentrais au même instant. Geneviève était encore sur le seuil, payant le facteur ; elle me prit à part pour me raconter tout bas ce qui venait d'arriver. La pauvre femme ne comprenait rien à ce mystère, et tremblait sans savoir pourquoi. Elle me montra Jacques au bout du jardin, lisant à demi-voix sa lettre avec des gestes de joie, riant tout seul, et courant, comme un fou, à travers les plates-bandes d'oseille. Je n'étais pas moins curieux que Geneviève de connaître le mot de l'énigme ; mais j'arrivais en société du nouveau *piqueur*, établi la veille sur les travaux par l'ingénieur en chef, et il fallut remettre l'explication à plus tard.

Mon compagnon était un jeune homme de meilleures façons que ses confrères, mais dont l'air abattu et les habits râpés expliquaient la position. Évidemment c'était quelque fils de bourgeois élevé pour autre chose, et que la misère avait fait descendre. Touché de sa tristesse et de sa douceur, je l'avais prié d'accepter à souper, et nous entrâmes dans le petit salon de compagnie.

Jacques y avait dressé sa bibliothèque de bois peint et placé ses plus beaux livres. A leur vue, M. Ducor fit un mouvement de surprise et se mit à examiner les volumes d'un air de connaisseur. Le gars entra un instant après. Il me sembla qu'il

avait grandi de six pouces ; son visage rayonnait.
M. Ducor lui fit compliment sur ses volumes, et
tous deux commencèrent à en parler. Le nouveau
*piqueur* paraissait très au courant. Il avait habité
Paris, et laissa même voir qu'il y connaissait plusieurs auteurs. Ceci lui gagna tout de suite l'amitié
de Jacques. Pendant tout le souper, il ne fut question que de romans ou de vers: M. Ducor se con-
tentait de répondre ; mais notre gars ne tarissait
pas ; jamais je ne lui avais vu tant d'entrain. Geneviève me regardait d'un air inquiet et étonné,
comme pour me demander s'il avait la fièvre. Je
ne savais trop que croire moi-même, et j'attendais
avec impatience le moment de tout éclaircir.
Comme nous finissions, on vint me demander
pour un compte. Je passai dans le cabinet vitré
qui touche au salon ; Geneviève retourna au ménage avec Marianne, et les deux jeunes gens
restèrent seuls.

Je feuilletais mes états de frais, sans m'occuper
d'abord de leur conversation ; mais, peu à peu, les
voix qui s'abaissaient me firent prendre garde. Je
relevai un coin du rideau pour voir dans le petit

salon. Jacques et M. Ducor étaient accoudés aux deux côtés de la table, en si intime confidence que leurs figures avaient l'air de se toucher. Le premier était très-rouge, et ses yeux brillaient comme des étoiles.

— C'est fini, disait-il au *piqueur*, voilà trop long-temps que le métier m'ennuie ! je veux suivre ma vocation et aller à Paris.

— Pour écrire ? demanda M. Ducor.

— Et faire mon chemin comme tant d'autres, reprit le gars. Nous ne sommes plus au temps où l'ouvrier avait la main soudée à son outil ; la porte est maintenant ouverte à tout le monde.

— Ce qui n'empêche pas que beaucoup restent dehors, objecta le *piqueur* en souriant d'un air triste.

— Je sais, je sais ! répliqua Jacques avec un peu d'impatience ; mais on se sent, voyez-vous ; et puis j'ai quelqu'un qui me poussera. Enfin, hier encore j'hésitais, ce soir je suis décidé.

Le *piqueur* ne répondit pas tout de suite ; il émiettait un reste de pain sur la table et paraissait pensif ; tout à coup il releva la tête :

— Ainsi vous renoncerez à votre état, dit-il lentement ; vous quitterez votre famille ; vous recommencerez tout seul une vie que vous ne connaissez pas, à laquelle rien ne vous a préparé ; vous irez là-bas faire queue avec les affamés de fortune et de renommée ?

— Qui est-ce qui m'en empêcherait ? demanda Jacques d'un ton résolu.

— Mon exemple, reprit M. Ducor plus vivement. Moi aussi je me suis cru une vocation ; et j'ai tenté l'épreuve ! Tel que vous me voyez, j'ai eu une pièce jouée, un volume imprimé, plusieurs articles de journaux qui faisaient mon éloge, ce qu'on appelle enfin des succès ! Pendant trois années j'ai promené dans les salons de Paris une misère en gants blancs ; j'ai mangé mon pain sec assaisonné de promesses, j'ai attendu jusqu'à ce que le temps eût usé ma dernière espérance avec mon dernier habit.

— Et vous avez enfin dû repartir ? dit le gars.

— Pour devenir ce que vous me voyez, répliqua le *piqueur*. Ah ! cela vous étonne, n'est-ce pas ? vous avez peine à me croire ; mais j'ai les preuves.

Tenez, voici l'annonce de ma réception dans la
Société des gens de lettres, des autographes de
nos grands hommes du jour... sans compter ceux
que j'ai vendus pour avoir du pain... un billet du
ministère de l'instruction publique annonçant un
secours de cinquante francs « accordé à mon mérite littéraire ; » la phrase y est ! c'est à la fois un
bon d'indigence et un certificat de gloire... Ah !
voici la lettre à laquelle je dois tous mes malheurs.
Voyez, c'est une réponse à l'envoi de mon premier
manuscrit.

Jacques lut tout haut la signature, qui était
celle de ***. A ce nom célèbre, il fit un mouvement.

— Vous pouvez lire, continua M. Ducor ; la
lettre vous fera comprendre comment, après l'a-
voir reçue, j'ai pu quitter le petit emploi que j'oc-
cupais, et croire que ma place était à Paris. Je ne
savais pas encore que les encouragements de quelques-uns de nos illustres ressemblent à ces jetons
de théâtre que les niais seuls prennent pour de l'or.

Pendant que le jeune homme parlait, Jacques
parcourait le papier qui lui avait été remis, et je
voyais son visage changer de couleur. Enfin, il

s'arrêta avec une exclamation, fouilla dans sa
poche, en retira la lettre qu'il avait lui-même reçue avant le souper, et se mit à comparer, à demi-
voix, les deux rédactions. C'étaient les mêmes
éloges et les mêmes offres de service exprimés
avec le même enthousiasme. Le grand poëte auquel j'appris alors que Jacques avait envoyé une
de ses œuvres, comme M. Ducor l'avait fait autrefois, répondait à tous deux dans les mêmes termes ;
ses brevets d'immortalité n'avaient qu'une seule
formule, comme les certificats de bonnes vie et
mœurs ! Jacques ne put cacher son dépit; mais le
*piqueur* se mit à sourire.

— Nous avons reçu le même passe-port, dit-il
ironiquement; je sais où m'a conduit le mien,
nous verrons où vous conduira le vôtre. De loin,
ces messieurs déclarent que nous sommes des
étoiles; mais, de près, ils nous traitent comme
des lampions. Les éloges qu'on prend pour des
prédictions ne sont, à leurs yeux, que des poli-
tesses; ils nous rendent la monnaie de notre admiration, et flattent chacun pour être flattés par
tout le monde. Ce sont tout simplement des avo-

cats qui promettent le gain du procès afin de conserver leur clientèle. J'en ai fait, pour moi, l'expérience ; maintenant, c'est à votre tour.

Jacques garda le silence. Les deux lettres étaient ouvertes devant lui, et ses regards allaient de l'une à l'autre. Il n'avait plus son air de triomphe, mais une mine soucieuse et comme irritée. Après une pause, il recommença à interroger le *piqueur* avec moins de confiance, et celui-ci raconta en détail ses trois années de *Bohème littéraire*, comme il les appelait. C'était une longue suite d'espérances faisant banqueroute et de souffrances qu'il fallait cacher. Le malheureux avait vécu de désappointements et d'humiliations, boutonnant son habit jusqu'au cou sur sa misère, montant du troisième étage aux mansardes, des mansardes au grenier ; fuyant la faim d'abord, puis la faim et les créanciers ! L'histoire était si lamentable et dite d'un accent si vrai, que Jacques en fut visiblement troublé ; cependant il luttait encore. Si le *piqueur* n'avait point réussi, peut-être ne fallait-il en accuser que lui-même. Méritait-il au même degré que notre jeune gars les éloges qui l'avaient encouragé ?

C'était seulement après avoir jugé l'œuvre que
l'on pouvait s'effrayer du non-succès de l'ouvrier!
M. Ducor devina sans doute l'objection, et promit
d'apporter, à sa première visite, le volume qu'il
avait publié; mais, à l'énonciation du titre, Jacques
reconnut un de ses livres favoris, celui qu'il s'était,
en dernier lieu, proposé pour modèle, et dont l'auteur avait souvent excité son envie !

Cette découverte fut un vrai coup de théâtre.
Après l'étonnement et les félicitations vint le désappointement. L'auteur du volume admiré était-il
bien celui qu'il avait là sous les yeux ? Se pouvait-
il qu'un talent qu'il espérait à peine atteindre eût
ainsi misérablement échoué ? Toutes ses illusions
étaient coupées au pied, tous ses plans bouleversés!
Il causa encore longtemps avec le jeune poëte,
l'interrogeant sur cette vie d'auteur qui lui était
apparue si belle de loin. Là où il n'avait rêvé que
célébrité, indépendance, richesse, loisir, le pauvre
*piqueur* lui montrait persécutions, esclavage, indigence et travail acharné. Animé par le souvenir de
ce qu'il avait souffert, il parlait avec une éloquence
dont je me sentais moi-même troublé. Ses yeux

16.

étaient humides et sa voix tremblait ! Au moment
de partir, il prit les deux mains de Jacques, et, les
serrant dans les siennes :

— Réfléchissez, dit-il avec une chaleur affec-
tueuse, et regardez bien tout ce que vous laissez
ici de sûr pour l'incertain que vous poursuivrez là-
bas. Vous avez une famille qui vous aime, des habitudes dont vous avez fait une seconde nature,
un bon métier appris dès l'enfance ; et vous voulez
sacrifier tout cela à des étrangers dont vous serez
la dupe, à des usages qui vous gêneront toujours,
à une profession pour laquelle vous n'avez point
été élevé ? Qu'irez-vous chercher à Paris ? du bonheur ? vous l'avez ; des plaisirs d'orgueil ? priez
Dieu de ne jamais vous les accorder ! C'est la maladie de notre temps, voyez-vous ; tout le monde
veut un nom qui s'imprime et retentisse ; l'œuvre
des mains fait honte ; on ne voit partout que trans-
fuges du travail essayant de fuir dans l'art, comme
autrefois les vilains cherchaient à se faufiler à la
cour. Mais savez-vous ce que je voudrais faire, moi,
si j'avais eu, comme vous, le bonheur de fortifier
mes bras par le labeur ? Je resterais où le ciel m'a

mis, par prudence d'abord, puis par fierté et dévouement. Je mettrais ce que je sais au service de
mes compagnons de peine ; je leur montrerais
comment on peut allier l'intelligence au travail des
mains ; je leur apprendrais à trouver, dans les
joies de l'esprit, la récompense des fatigues du
corps ; j'aiderais, selon mes forces, à élever leurs
âmes, à leur donner la faim de l'idéal ; je consa-
crerais ma vie à les rendre mes pareils afin de
n'être plus isolé parmi eux. Là est votre véritable
tâche : il ne faut pas que l'instruction devienne
une porte de derrière par laquelle vous désertez
du milieu de vos frères, mais une échelle que vous
leur dressez pour qu'ils montent à votre niveau.
Pensez-y, monsieur Jacques : à Paris vous ne se-
riez que le conscrit d'une armée qui a tous ses
officiers ; ici vous pouvez être le capitaine instruc-
teur d'un bataillon qui manque de chefs. Croyez-
moi, au lieu de vous déclasser, travaillez à élever
votre classe. On ne déménage pas son existence
comme un mobilier de garçon : là où sont les habitudes et l'affection se trouve aussi la sûreté. Il
ne faut jamais quitter à la légère la place où l'on

a été heureux, où l'on nous aime ; le cœur doit nous la rendre sacrée.

En prononçant ces mots d'une voix troublée, le *piqueur* salua Jacques et sortit. J'aurais voulu courir après lui pour l'embrasser ; car ce qu'il venait de dire m'avait autant ému que le jeune gars.

Je passai toute la nuit sans fermer l'œil. Séparé de Jacques par une simple cloison, je l'entendais se retourner et soupirer ; moi-même j'avais le cœur comme étouffé. Je sentais que sa destinée se décidait en ce moment, et aussi une partie de la nôtre, à Geneviève et à moi ; car que serions-nous devenus sans notre fils ? Si Marianne était la gaîté du logis, il en était la force et l'avenir. Ce que chaque jour m'enlevait, nous le retrouvions en lui. A cette heure, la maison avait deux têtes : quand la vieille faiblissait, la plus jeune était là pour tout conduire. Mais s'il partait, qu'allait devenir tout ce que j'avais préparé ? Que deviendrait-il lui-même au milieu des dangers que le *piqueur* lui avait signalés ? Puis je pensais au crève-cœur de Geneviève ; car Jacques était sa tendresse favorite, comme à moi Marianne, et chacun avait ainsi sa joie particulière dans la joie générale. Le gars absent, l'équilibre se trouvait rompu.

Je ruminais tout cela, le cœur gonflé d'angoisses, et je comprenais pourtant qu'influencer la volonté de Jacques, c'eût été lui donner une chance de regret, un moyen de retour ! Il fallait le laisser décider lui-même, pour que la décision fût sans appel ! J'attendis donc avec le tourment de cœur de l'homme qui va être jugé. Au point du jour, Jacques se leva. Il sifflait doucement, comme c'est sa coutume quand il réfléchit. Je suivais de l'oreille tous ses mouvements. Il descendit l'escalier sans bruit et ouvrit la porte d'entrée. Je relevai le rideau pour regarder sur la route... Ah ! je crus que mon cœur allait éclater de joie... Il était en costume de travail, portant sur l'épaule le marteau et la truelle. Je courus à Geneviève en criant :

— Nous sommes sauvés ! le gars a compris !...

. . . . . . . . . . . . . .

Depuis, tout est allé de soi-même. Jacques a mis au rancart sa gloriole. Sans renoncer à ses livres, il en a fait seulement une distraction. Appliqué de

16.

cœur à son métier, il est devenu le premier ouvrier du pays. Personne ne toise comme lui un travail du premier regard, et le meilleur comptable ne fait pas plus vite un calcul. Avec ça bon compagnon, ayant le mot pour rire, mais la main ferme quand il faut ; un vrai conducteur d'hommes, et qui sait se passer d'être conduit.

Marianne est toujours la même bonne fille qui chante, qui rit, qui court, qui vous embrasse, et vient à bout de tout sans en avoir l'air. Il me semble voir sa mère quand je l'ai connue pour la première fois. Où elle se trouve, il y a comme un rayon de soleil. Le grand Nicolas, notre contremaître, l'a bien remarqué ; c'est un brave travailleur, pour qui nous trouverons facilement une place dans la famille : aussi je ne dis rien et je laisse aller. Aujourd'hui même, il est parti avec tout notre monde pour l'assemblée du village.... ce qui fait que je suis resté seul ; et voilà pourquoi j'ai été amené à écrire ces pages.

Ce seront les dernières, car le reste du cahier a servi pour des comptes. Ma plume touche le bout du papier blanc : il faut donc dire adieu à mes vieilles aventures du passé, mais non aux souvenirs qu'elles m'ont laissés. Ces souvenirs, je les ai là, autour de moi, vivants et transformés, mais toujours présents. C'est d'abord Geneviève, c'est la fillette et le gars, c'est l'aisance du dedans et la bonne réputation du dehors. Quand je n'aurais rien raconté, on pourrait tout lire ici : les confessions du travailleur sont le plus souvent écrites dans son ménage lui-même, triste ou joyeux, aisé ou misérable, selon qu'il a pris la vie par le bon ou le mauvais côté; car, pour tous les hommes, la vieillesse est ce que l'ont faite la jeunesse et l'âge mûr.

FIN.

# TABLE.

◦⟋ᴳᴼᶜᵔ◦

— 286 —

FIN DE LA TABLE.

Coulommiers. — Typ. A. MOUSSIN.